I0685702

LE RALLYE

LE RALLYE

ISA FANN

Copyright © ISA FANN 2018
Publication 2018
Edition : ISA FANN – Loire Atlantique
Achevé d'imprimer en novembre 2018
Dépôt légal : novembre 2018

ISBN n°978-2-9566354-0-6

Mise en page du livre :
www.ebook-creation.fr
L'auto-édition facile !

Illustration couverture et logo : Francisco-José TOMAS

Les personnages par ordre d'apparition dans l'histoire

L'équipage

- **Olivia Feuillates de Meyrantes** – célibataire - commissaire de police à Paris – amie de tous et plus particulièrement de Phil – de Simon – de Céline
- **Philippe Laval dit Phil** – médecin et ami de tous et plus particulièrement d'Olivia
- **Axelle Tregrois** – fiancée de Phil - pièce rapportée du groupe
- **Xavier Moreau Ponti** - célibataire - brocanteur ébéniste – ami d'enfance de Phil et de Bertrand
- **Céline Laborderie** - amie de tous et plus particulièrement d'Olivia et de Sébastien

Les points relais

- **Marc Bazenage** – généalogiste - marié – ami de tous – (femme enceinte de 6 mois - absente du rallye)
- **Vincent Delebarre** : kiné à Grenoble - Fiancé à Agnès - ami de tous
- **Bertrand Ravel** : antiquaire à Grenoble – marié – particulièrement lié à

Xavier - (femme absente du rallye -2 jumeaux)

- **Valentine Deschamps** - Travaille à la mairie de Grenoble – fiancée de Thomas - amie de Céline
- **Simon Le Doledec** – architecte d'intérieur – habite Paris – ami de tous et plus particulièrement d'Olivia – en coupla avec Hugo
- **Edouard Vaillant** - Célibataire – prof de fac à Paris – vit à Voiron – ami de tous
- **François Vergniaud :** ami du groupe et de Céline
- **Sébastien Merval** – notaire à Grenoble – ami de tous et plus particulièrement de Céline

Bonnard commissaire de police à Valence
Dulac commissaire de police à Romans

Au domaine des Blâches
- **Lorraine Lalenchère** – femme au foyer - mariée à Romain – amie d'enfance du groupe
- **Romain Lalenchère** – chef d'entreprise - époux de Lorraine - propriétaire du Domaine des Blâches – ami d'enfance du groupe

- **Thomas Leroy :** Juriste d'entreprise à Grenoble – fiancé de Valentine – ami du groupe
- **Hugo Mahet** : commissaire priseur à Paris – en couple avec Simon – pièce rapportée du groupe
- **Agnès Valençay :** Orthopédiste à Grenoble – fiancée de Vincent – pièce rapportée
- **Marcousi** inspecteur de police sous les ordres de Bonnard
- **Granger** inspecteur de police sous les ordres de Bonnard

Chapitre I

L'invitation

Paris Mai 2005

« Toujours nous arrivons à cette solitude,
Et là, nous nous taisons,
sentant la plénitude ! »
Victor Hugo

Invitation réservée à :
Olivia Feuillates de Meyrantes

XXIIIème rallye du Dauphiné
Les 12 et 13 Juin 2005
Promo 1994

Equipage N° I
Voiture de Philippe Laval

Equipiers
Olivia Feuillates de Meyrantes
Céline Laborderie
Axelle Tregrois
Xavier Moreau Ponti

Responsable de l'équipage N° I
Philippe Laval - 04 06 33 52 76

Rendez vous
Samedi 12 Juin à 10 heures
Village de neige - la Chapelle en
Vercors

— Vous m'avez l'air heureux ce matin commissaire ! lui dit Tonio tout en lui servant son crème.

Installée à la terrasse du Clairon, l'étonnante jeune femme à qui s'adressaient ces mots sourit. Olivia Feuillates de Meyrantes était fan de bistrots. Et notamment de celui-là, dans ce quartier du 2ème arrondissement de Paris cher à son cœur, où elle avait ses habitudes. C'était une jeune femme au physique très contrasté en harmonie avec une personnalité toute en nuances. Originale et superbe. Son visage aux mâchoires carrées encadré de cheveux très courts aurait aussi bien pu être celui d'un jeune adolescent hormis le fait de l'indiscutable féminité et sensualité qui s'en dégageaient. Par moments, ce côté ado joint à son auréole de cheveux blonds et bouclés aurait pu lui donner l'air angélique. Par moments seulement ! Car la plupart du temps son menton pointé vers le haut témoignait de l'aspect volontaire de sa personnalité. Mais le plus extraordinaire était son regard : des yeux composés d'un kaléidoscope de paillettes bleues, des yeux plein de vie, intelligents, profonds et envoûtants. On ne pouvait que la remarquer tant était intense l'énergie qu'elle dégageait. Son port de tête, héritage de ses ancêtres Meyrantes, lui conférait une classe et une élégance naturelles mâtinées d'un rien d'impertinence. Elle donnait en permanence l'impression de défier la vie. Il faut dire qu'elle comptait plus d'un aventurier parmi ses ancêtres et que l'atavisme aidant c'était bien le même sang, impétueux et fier, qui coulait dans ses veines.

— Vous pouvez le dire Tonio ! répondit-elle au jeune serveur qui venait de prendre ses fonctions - en remplacement du vieux Georges parti à la retraite - dans ce bistrot qu'elle fréquentait quotidiennement. Il fait beau, c'est samedi, j'ai pris ma journée et je viens de recevoir une invitation qui me remplit de joie !

Elle soupira d'aise et se mit à rêver un brin nostalgique à ses amis dauphinois qu'elle n'avait pas revu depuis des lustres. Son téléphone portable se mit à sonner.

— Olivia ? Salut, c'est Philippe Je viens aux renseignements. Et vérifier que tu as bien reçu l'invitation ?

— Phil ! Quelle joie de t'entendre !... Je viens juste de la recevoir. J'étais en train de la lire...

— Et alors ma vieille, j'espère que tu seras des nôtres ?

— Oui, bien sûr, tu penses... Ravie de vous revoir tous !

Et voilà comment se joue le destin... en quelques mots. Par un simple oui, lourd de conséquences. Si seulement elle avait eu, sur le champ, suffisamment de flair et de sagacité pour dire non ! Tout aurait pu s'arrêter là... Et cette histoire n'aurait jamais eu lieu...

Mais comment aurait-elle pu imaginer un seul instant, installée à la terrasse de ce café, qu'elle venait par cet accord spontané de déclencher la mise à feu du plus grand drame de toute sa vie ?

Elle y repenserait souvent par la suite. Et ne pourrait s'empêcher de s'en vouloir de ces quelques instants où elle avait adhéré à ce rallye dans un élan de bonheur tel, que cela avait annihilé toute sa sagacité habituelle. Ce ne serait pourtant pas faute d'avoir senti que certains des aspects de cette invitation étaient contestables. Si seulement elle avait été plus prudente, ou tout au moins plus curieuse…

Mais aussi, comment ne pas accorder de crédit à une invitation qui mentionne vos amis les plus chers ? Le piège de l'affectif venait de se refermer sur elle éradiquant toutes ses capacités de discernement…

— Au fait, continua-t-elle, j'ai vu que ta fiancée serait de la partie. Je vais enfin pouvoir rencontrer cette *fameuse* Axelle depuis le temps que j'en entends parler. Quelle joie de vous retrouver ! Est-ce toi qui est à l'origine de cette idée géniale d'un rallye d'anciens ?

— Non. Et je ne saurai te dire qui l'a initié. C'est un grand mystère… J'en ai été averti de la même manière que toi. Sauf qu'en ma qualité de responsable d'équipage j'ai eu la primeur d'une lettre d'accompagnement. Veux-tu que je te la lise ?

— Oui, je t'en prie.

Mon cher Philippe

Bienvenue à toi dans ce rallye de retrouvailles des anciens de la promo 1994 qui, nous n'en doutons pas, te réjouira autant que nous de l'organiser. Nous entretenons le mystère sur nous de façon volontaire car ce rallye a pour objet bien évidemment de nous permettre de nous retrouver mais également de vous réserver un certain nombre de surprises. Rassure-toi personne n'est privilégié, tes seuls impératifs pour nous aider à l'organisation : convaincre ton équipage d'y participer et vérifier qu'ils soient là à l'heure et aux lieux dits. D'autres consignes vous seront fournies au départ.

Seule contrainte au programme aucun portable (sous peine d'élimination). Par contre montre, boussole, encyclopédies, cartes régionales sont les bienvenues. Rassure ton monde il y aura un téléphone dans le lieu prévu pour la soirée.

Tenue correcte de rigueur pour la soirée, bien évidemment, mais tu connais la chanson ! Nous te souhaitons de bonnes préparations. En espérant nous revoir bientôt.

Cordialement !
Le « comité d'organisation »

— Alors qu'en dis-tu ? lui demanda Phil.

— Ils veulent se la jouer « maitres du mystère » ou quoi ? fit Olivia.

— C'est quoi les « maitres du mystère », lui demanda-t-il.

— Oh ! Une vieille émission radio hyper flippante, façon polar dramatique, qui a eu son heure de gloire dans les années 60. Mes parents en étaient fan et nous en ont parlé toute notre enfance.

— Tu déconnes ?

— Oui, bien sûr ! Mais avoue qu'ils y vont fort ! Franchement c'est quoi l'intérêt de nous interdire le portable, dis-moi ? Surtout assorti de conditions aussi drastiques : « sous peine d'élimination ».

— Leur objectif est sans doute de nous immerger le plus possible dans l'aventure...

— Oui, tu as sans doute raison. J'arrête de me prendre la tête ! Après tout, c'est leur choix et ils doivent avoir leurs raisons. De toutes façons je suis partante tu penses bien. D'ailleurs dès lundi, je pose huit jours de vacances ce qui ne sera pas du luxe pour vous retrouver tous.

— C'est super ! Xavier m'a déjà contacté il est des nôtres évidemment.

— Toujours célibataire endurci celui-là ?

— Plus que jamais. Tu sais, lui, à part nous et sa montagne... Et comme j'ai également eu confirmation de Céline ce matin, je peux d'ores et déjà t'annoncer que nous sommes au complet. Elle m'a demandé de la tenir au courant de ta venue et m'a semblé très impatiente de te revoir.

— Céline ! Quelle joie ça va être de la retrouver. Ça fait une paye. Comme vous me paraissez loin ! Remarque j'ai des excuses…

— Oui, te bile pas, on en est conscient. Tout le monde n'est pas admis au concours de commissaire de police ni à faire un stage de deux ans à St Cyr, pas vrai ? Au fait bientôt 32 au compteur, ma vieille.

— Pas tout à fait, mais merci à toi Phil de remettre les pendules à l'heure… Toujours aussi délicat à ce que je vois ! Et toi ? ça marche ton cabinet médical ? Beaucoup de clients ?

— Ça marche, parfois même trop à mon goût ! Heureusement que je me suis associé. Tu ne peux t'imaginer à quel point ça me change la vie. Je peux enfin m'accorder des moments de répit. Mais nous aurons tout le temps d'en parler bientôt. Je dois te laisser, je t'embrasse. Rappelle-moi si tu veux.

— OK. De toutes façons quoiqu'il advienne, rendez-vous au 12 Juin.

Olivia se leva pour quitter le café ce qui permit à Tonio de se régaler de son anatomie.

Il savoura la vision si peu banale de ce petit bout de femme d'à peine 1m60 aux attaches et aux jambes très fines. Quel sacré mélange ! se dit-il. Les cheveux ultra courts et bouclés naturellement blonds, quelques tâches de rousseur sur le visage, la bouche gourmande elle s'était donnée un look, à son habitude, volontairement masculinisé. Vêtue d'un pantalon court blanc, de tennis blanches, elle arborait sur les épaules un blazer d'homme bleu marine : un basique du vestiaire masculin, féminisé par le port d'un tee-shirt blanc dévoilant une superbe poitrine. Cette androgynie, voulue et exaltée, révélait par contrecoup une féminité bien réelle et lui valait bien des succès auprès de la gent masculine. Et expliquait d'ailleurs, pour l'heure, celui qu'elle avait auprès de Tonio.

Elle partit songeuse tout en se récapitulant les membres de son futur équipage, ses amis de toujours : Phil, le meilleur, maintenant médecin, le témoin de ses années scolaires à Voiron, le confident de toujours resté sur place et bientôt marié à Axelle Tregrois. Pourvu qu'elle soit sympa se dit-elle. Xavier jamais loin de Phil, souvent chahuté pour sa gaucherie dans les relations, devenu brocanteur-ébéniste, passionné du Vercors et farouchement célibataire. Céline Laborderie la sœur de Renaud son amour d'enfance, les deux êtres les plus importants de sa jeunesse dauphinoise. Son cœur se pinça. Et elle, la seule à avoir quitté la région allait bientôt retrouver sa bande. Et les autres y seront-ils ? pensa t-elle en s'éloignant d'un pas alerte.

Le piège avait parfaitement fonctionné, Olivia s'était jetée spontanément dans la gueule du loup, amorçant sans le savoir le compte à rebours...

Chapitre II

Le rallye

Samedi 12 Juin de 10h à 16h30
La Chapelle en Vercors

« Ami, entends-tu le vol noir des corbeaux sur
nos plaines ?
Ami, entends tu les cris sourds du pays
qu'on enchaîne ?
Ohé ! Partisans, Ouvriers et Paysans,
c'est l'alarme !
Ce soir l'ennemi connaîtra le prix du sang
et des larmes... »
Le chant des partisans

— Salut quelle joie de te revoir !
— Quelle bonne idée ce rallye !
— La Chapelle tu connaissais ?
— Sympa notre groupe.

Les phrases fusaient et résonnaient dans l'air encore frais de ce samedi matin plus sur le mode d'exclamations de joie dues aux retrouvailles que sur celui de véritables échanges.

Sur la place du bourg, près de l'église, et en avance sur l'horaire prévu, Olivia et Phil échangeaient leurs premières impressions. Ils venaient d'être rejoint par Xavier, lui-même suivi d'Axelle la fiancée de Phil venue au rendez-vous par ses propres moyens. La vivacité de leurs voix témoignait de leur plaisir à se revoir.

Le site de la Chapelle en Vercors valait le détour. Le village semblait comme enchâssé dans l'écrin naturel formé des magnifiques et abruptes barres rocheuses alentour. Il n'était guère facile d'y accéder. Seules quelques routes impressionnantes taillées dans la roche et accrochées à flanc de falaise en permettaient l'accès.

— Vous êtes pour la séparation des moyens de locomotion ou quoi, lança Olivia à Phil.

— Non j'avais un patient à voir ce matin. Du coup, je suis parti plus tôt et j'ai proposé à Axelle de prendre sa voiture.

— Je ne suis pas la dernière à ce que je vois, fit cette dernière.

— Non, on attend encore Céline, elle ne devrait pas tarder remarqua Phil.

— As-tu déjà repéré notre premier point relais ? lui demanda Olivia.

— Oui la consigne de démarrage : le café des Aliziers, un peu plus bas dans le bourg. Mais j'ai préféré vous donner rendez-vous ici, c'est plus pratique pour s'y garer et y laisser vos voitures.

— Quel organisateur ! le taquina Axelle.

— Presque 10 heures ! s'impatienta Philippe. Il faudrait y aller. C'est important de partir à l'heure si nous voulons avoir une chance de bien nous classer.

Ses yeux noirs brillaient d'impatience, ce qui n'entachait en rien son air amical bien au contraire. C'était un beau brun au visage ouvert et à l'allure sympathique.

Toujours aussi séduisant, songea Olivia.

— Tiens, quand on parle du loup… Voilà Céline.

De sa voiture, garée à toute allure, jaillit une Céline apparemment très survoltée.

— Salut à vous tous, quelle barbe ces routes. J'étais bloquée derrière un camion qui n'avançait pas ! Impossible de le doubler. J'ai bien cru qu'il allait me mettre en retard. Mais bon heureusement je suis dans les temps ! Comme je suis heureuse d'être là et de vous retrouver ! Et toi Olivia ? fit-elle volubile en l'embrassant. Ça fait un bail…

— Tu peux le dire, lui répondit celle-ci en la serrant dans ses bras.

— J'ai tellement de choses à vous raconter. Mais… vous êtes seuls ? s'inquiéta Céline. Où sont les autres équipages ?

— Je ne sais pas, lui répondit tranquillement Phil.

— Ça n'a pas l'air de te préoccuper plus que ça on dirait…, fit Céline en hochant la tête d'un air désapprobateur. Pourtant je te rappelle que la tradition veut que tous les équipages partent du même endroit.

— Ça c'est la tradition, mais avec ce rallye rien ne m'étonne, lui répondit Phil d'un ton léger. Apparemment les organisateurs tiennent par dessus tout à en préserver le caractère mystérieux. Et ne souhaitent apparemment pas que nous nous rencontrions.

— Ils jouent à nous en foutre plein la vue, tu veux dire, remarqua Céline d'un air mutin.

— Bon trêve de bavardages, s'impatienta Phil en regardant sa montre qui affichait 10 heures tapantes, où nous allons prendre du retard. En avant mauvaise troupe, en route pour l'aventure !

L'équipage I au complet embarqua prestement avec armes et bagages et Phil démarra sans plus tarder dans la bonne humeur générale.

— Voilà le café des Aliziés j'y vais, fit Olivia quelques 500 mètres plus loin.

Elle sauta hors du véhicule et courut demander leurs premières directives au bistrotier.

— Oui, oui voilà, fit celui-ci en lui tendant une enveloppe cachetée. J'ai reçu ça à vous remettre. Le XXIIIème rallye du Dauphiné, c'est bien ça ?

— Tout à fait. Vous dites que vous l'avez reçu… ? s'étonna Olivia, vous n'avez vu personne ?

— Non… personne.

— Ça alors ! Première nouvelle ! Ils ne se sont même pas donnés la peine de se déplacer ? Ça m'étonne vraiment de leur part ! On a de la chance que vous soyez quelqu'un d'honnête. Vous auriez aussi bien pu mettre cette enveloppe à la poubelle.

— Oui mais faut quand même vous dire, rétorqua celui-ci l'air soudain gêné, vot' comité y m'avait mis une lettre d'accompagnement et un p'tit dédommagement pour le tracas.

Tiens, songea Olivia sans plus de commentaires, c'est vraiment bizarre cette façon de faire. De retour dans la voiture, elle déchira l'enveloppe qui était cachetée à la cire et la lut à voix haute :

En passant par St Agnans, Perrault se serait épargné le calvaire des Parallèles des Anciens et des Modernes

— Ça commence fort. Qui a le dico ? s'enquit Phil.

— Moi ! fit Axelle en le feuilletant, Perrault... Perrault... ça doit être Charles Perrault.

— Le *Parallèle des anciens et des modernes* je pense qu'il ne peut s'agir que de nous, rajouta Phil.

— Qu'est ce qui te fait dire ça ? lui demanda Olivia.

— Tu ne vois pas, lui répondit Phil, que c'est une façon de faire le lien entre le rallye des anciens que nous avons formé dans le temps et celui que nous formons aujourd'hui !

— Ce serait la raison pour laquelle ils parlent de calvaire ? ironisa Olivia. Une façon symbolique de parler de nous ?

— Qu'est ce que tu vas chercher là Phil ? les interrompit Xavier. *Les parallèles des Anciens et des Modernes* sont une œuvre écrite par Charles Perrault. Nous l'avons étudié en classe de cinquième. Souviens toi. C'est lui qui, au 17ème siècle, a déclenché cette querelle qui l'a opposé à Boileau et à la Fontaine. Alors que ces deux là prétendaient que l'idéal esthétique littéraire avait été atteint par les auteurs grecs et latins, ce qui à leur avis les rendaient inégalables et indépassables, lui Perrault, s'était rangé du côté des Modernes dont il avait ouvertement pris le parti.

— Stop ! Ecoutez tous, fit Axelle. J'ai trouvé. Il y a deux Perrault dans le dico : Claude l'architecte et Charles son frère l'écrivain, c'est celui qui nous intéresse.

Elle leur lut :

— Né à Paris (1628-1703) auteur du Siècle de Louis le Grand, des Parallèles des Anciens et des Modernes, et tac, fit-elle taquine en direction de Phil.

— C'est bien ce que je disais, maugréa Xavier en se frottant vigoureusement la barbe.

— Et surtout, reprit Axelle, lisant toujours, auteur des contes de ma mère L'Oye (le Petit Poucet, le Petit Chaperon Rouge, le Chat Botté, Cendrillon, Barbe Bleue, etc) qui ont immortalisé son nom.

— Bon regardons sur la carte autour de St Agnan, proposa Phil bon joueur. Il doit bien y avoir une ville, un village en lien avec Charles Perrault.

— Pas la peine, maugréa encore Xavier, je connais le coin par cœur. Après le village de St Agnans il y a le lieu-dit *Chabotte*. Chabotte, Chat botté même combat, nous y sommes.

— Vous êtes vraiment doué ! lui fit Axelle admirative.

— Je n'ai pas de mérite, je suis un spécialiste du Vercors, lui répondit Xavier. Et avec ma brocante, je connais certains coins comme ma poche. Tu peux me tutoyer.

— Mais alors calvaire... Pourquoi avoir utilisé ce mot ? lui demanda-t-elle.

— Je crois me souvenir qu'il y a un calvaire sur ce lieu-dit, notre deuxième message devrait s'y trouver, fit-il.

— N'empêche que je maintiens ma symbolique, insista Phil provocateur, ils nous font un clin d'œil, j'en suis sûr, je leur demanderai à l'arrivée.

— Tu peux le voir comme ça, bougonna Xavier, ou bien le comprendre autrement. Ce que veut dire la phrase **en passant par St Agnans** (où se trouve Chabotte) c'est que si Perrault avait démarré par l'écrit du Chat botté qui a fait sa gloire et dont la publication constitue une des pièces maîtresse dans son combat contre la pédanterie des Anciens, il aurait pu s'épargner celui du calvaire *des Parallèles des Anciens et des Modernes,* acheva-t-il volubile, comme à chaque fois qu'un sujet le passionnait.

— Quand vous aurez fini votre numéro de duettistes, on pourra peut–être y aller ? leur proposa Olivia, sans se formaliser plus que ça des joutes verbales des deux compères.

— Je me fous de ta démo, le titilla Phil avant de s'attaquer et de provoquer Céline qui les observait et gardait le silence devant leur érudition.

— Au fait, merci Céline. Quelle aide ! Quelle perspicacité ! Tu es venue pour dormir ou quoi ? la taquina-t-il, tout en reprenant la route en direction de St Agnan. Pourtant j'avais cru comprendre que tu avais des tas de choses à nous dire ?

Le visage typé et très séduisant de Céline s'éclaira et ses yeux verts se mirent à briller.

Elle avait le teint olivâtre, un peu à la façon des madones italiennes. Là s'arrêtait la comparaison car il émanait d'elle quelque chose d'animal, de magnétique. Elle était immense et portait de longs cheveux châtains taillés en pointe dans le dos. Pas banale pour deux sous. L'air d'un félin.

— C'est vrai que j'ai quelque chose à vous annoncer…, fit-elle en prenant un air mystérieux.

— Alors c'est quoi ? Ne nous fait pas languir, lui rétorqua Phil empressé.

— Oui… mais j'avais promis de garder le secret...

— Alors là où t'en as trop dit ou pas assez, lui rétorqua Phil.

— Je suis d'accord avec lui, ajouta Olivia.

— C'est vrai que j'avais promis... mais voilà, je ne tiens plus, je brûle d'impatience de partager la nouvelle avec vous. Et puis, pour moi c'est essentiel que vous soyez les premiers dans la confidence. Alors vous êtes d'accord pour que je vous livre le secret de ce rallye ? leur demanda t-elle avec fougue.

— Ecoutez-moi ça. Quelle vantarde ! lui rétorqua Phil toujours dans la provoc. Et en quel honneur serais tu, toi, détentrice de ce secret ?

— Par le simple fait, mon cher, lui répondit elle en minaudant, d'être concernée en premier chef.

— Oui mais, intervint Axelle l'air soucieux... Et le mystère dans tout ça, qu'est ce que vous en faites ? Avec tout le mal que se sont donnés les organisateurs pour le préserver...

— A vous de voir, leur rétorqua Céline l'air très déçu, je trouvais sympa de partager ça avec vous. Mais si personne ne le souhaite, tant pis, je remballe mon secret. Surtout qu'il n'y a pas grand risque de le dévoiler auprès des autres concurrents... vu qu'apparemment nous avons peu de chances de les rencontrer... donc, tu vois Axelle, le mystère est de fait préservé. A moins, ajouta-t-elle, de nouveau mutine, que je ne le dévoile qu'à certains d'entre vous, ceux qui le désirent ?

— Trêve de cachotteries, la pressa Olivia curieuse de nature et alléchée par sa *mise en bouche*, tu m'en as trop dit ou pas assez, j'ai envie de savoir maintenant !

— Alors, et vous ? demanda Céline en se tournant vers les autres.

Et devant l'assentiment général qu'elle reçut :

— En fait ce rallye est orchestré par… Marc, Simon, Bertrand et François.

— Super ! s'exclama Olivia. C'était justement la question que je me posais : savoir s'ils allaient y participer ?

— Et pas qu'un peu. Le comité d'organisation c'est eux !

— C'est ça *ton* secret ? intervint Phil l'air franchement déçu. Tant de chichis pour si peu de choses ? Tu parles d'un secret à la *mord moi le nœud* ! Il est évident que ce rallye ne peut qu'être organisé par certains des membres de notre bande. Ça tombe sous le sens !

— Des chichis ? tu trouves ça des chichis…, rétorqua-t-elle d'un ton gouailleur, que l'annonce officielle de mes fiançailles avec Sébastien soit - dès ce soir - le point d'orgue de ce rallye ?

— Tes fiançailles ?… dit-il l'air ahuri, avec Sébastien ?… Sébastien Merval ?… Le meilleur ami de ton frère Renaud ? Ça alors j'en suis baba. Pour une surprise c'est une surprise ! Autant pour moi ! Ça alors ! Remarque que de son côté ça ne m'étonne pas vraiment. Je sais qu'il t'a toujours eu à la bonne. C'est plutôt toi qui m'en bouches un coin parce que tu l'as, de tout temps, superbement ignoré. Ça alors ! Quelle cachottière tu fais. Bravo !

— Il est des évidences qui prennent corps avec le temps, fit-elle l'air béat. Je l'aime c'est tout…

— Pas besoin de te justifier, l'interrompit Phil. Chacun son chemin. L'ami intime de ton frère, normal que ça crée des liens... la preuve ! Et puis tu pouvais plus mal tomber... Un champion toutes catégories : l'un des plus beaux partis de la région. Rentrer dans la famille Merval, c'est pas rien ! La fortune, l'intelligence, la classe... que demander de plus ? ça fait une paye que je ne l'ai pas revu, il est notaire maintenant ?

— Oui, il a installé son étude récemment, ça marche bien pour lui.

— Tu mérites d'être heureuse, fit Olivia en la prenant dans ses bras.

— Quelle nouvelle ! Dommage que nous n'ayons pas de champagne dans la voiture... Voilà tout plein de mariages et de fêtes en perspectives, lança Phil avec un regard de tendresse à sa fiancée à ses côtés.

— En tout cas Céline un grand merci pour cette excellente idée de rallye, fit Olivia.

— Moi, mais je n'y suis pour rien !

— Mais alors qui se trouve derrière ce projet ? lui demanda Olivia surprise.

— Ben... les membres du comité de pilotage... la bande des quatre, je crois. Enfin, du moins, c'est comme ça que je l'ai compris quand Sébastien m'en a fait part. En fait, c'est lorsqu'il les a mis au courant de notre intention de mariage qu'a émergé l'envie de nous offrir des fiançailles *mémorables*. Et qu'a germé cette idée de rallye. Mais te dire qui en est à l'origine, je n'en sais rien. Normalement c'est top secret. Je n'aurai jamais dû être mise au courant. Mais Seb n'a pas pu tenir sa langue, il était trop heureux.

— Super initiative, se réjouit Phil.

— D'après ce que j'en sais, poursuivit Céline, leur intention est de créer un effet de surprise. D'où cette journée placée sous le sceau du mystère le plus complet avec obligation pour nous de franchir des étapes, comme pour un processus initiatique. Histoire de mériter… et la fête… et la nouvelle ! Je n'en sais pas plus. Je découvre comme vous. Mais je trouve que ça commence fort, ajouta-t-elle.

— Sébastien fait donc partie de l'organisation ? lui demanda Phil.

— Non, pas du tout… Il a simplement été sollicité pour servir de point relais sur le parcours. Avec pour consigne de garder le secret, bien entendu, et de n'en dire mot à qui que ce soit. Elle éclata de rire… sauf qu'il n'a pas pu tenir sa langue avec moi. Mais il ne m'a rien dit d'autre, je le jure ! Je n'en sais pas plus. J'ignore absolument à quel niveau du jeu je vais le retrouver... Je suis vraiment toute excitée, conclut-elle.

— Super news, je le sens ça va être une super journée, claironna Phil tout en simulant une danse derrière son volant, tu ne trouves pas Xavier ?

— Eh doucement ! ce n'est pas le moment de nous tuer, fit Céline en éclatant de rire. Je veux arriver entière à mes fiançailles, moi ! Je suis trop heureuse. Au fait, Olivia tu ne le sais pas encore mais... tu vas être obligée de revenir nous voir plus vite que tu ne le penses...

— Ah pourquoi ?

— Nous avons hâte de nous marier et aucune raison valable pour attendre plus longtemps. Aussi, dés ce soir, nous profiterons du fait d'être tous réunis pour fixer la date officielle de la cérémonie. Et je voudrai savoir si tu me ferais l'honneur d'être mon témoin ? lui demanda-t-elle avec un clin d'œil complice.

— Quelle question ! Avec joie, bien entendu, lui répondit Olivia toute émue. Je suis très touchée. Mais, et toi Axelle ? s'inquiéta soudain Olivia qui la trouvait bien silencieuse et en retrait. Je me demande si tu ne te sens pas trop perdue au milieu de nous tous ? En tant que *pièce rapportée*, Phil t'a-t-il déjà présentée à toutes les personnes dont nous te parlons là : Sébastien, Marc, Simon... ?

Axelle, la fiancée de Phil, c'était visible plaisait à Olivia. *Fine* voilà l'adjectif qui la définirait le mieux, songea t-elle en la détaillant. Quoique *racée* lui conviendrait aussi à la perfection.

Axelle possédait un visage excessivement fin, un cou très long, un superbe port de tête. Elle avait le cheveu lisse, couleur châtain, qu'elle portait mi long et faisait souvent le geste gracieux de le balayer avec la main. Des yeux bruns, d'un aspect velouté. Pas le moindre maquillage mais elle n'en avait nul besoin. Elle était positivement ravissante.

— Non, répondit celle-ci. Avec son travail, Phil n'a pas eu le temps. Il ne m'a présenté à quasiment personne. Je connais Sébastien Merval, le fiancé de Céline. Mais pas par l'intermédiaire de Phil. C'était dans une *autre vie*. Son père et le mien étaient en affaires. A part lui et Xavier... Je ne connais personne. En tout cas, aucun des quatre organisateurs que vous avez mentionnés.

— Ah bon tu connais Sébastien ? lui demanda Céline visiblement étonnée et sur la défensive, sans doute un brin jalouse.

— Connaître est un bien grand mot. Je l'ai fréquenté quand j'étais plus jeune. Mais plus ces dernières années, répondit Axelle cherchant à éluder la question l'air évasif.

Olivia la dévisagea d'un air interrogateur se demandant ce que cachait cette réserve avant de lui rétorquer tout sourire :

— Puisque Phil n'a pas fait son boulot de présentation je me vois dans l'obligation de suppléer à ses manques. Marc, François, Simon et Bertrand ont fait leurs études comme nous, au lycée Fénelon à Voiron. De sacrés chahuteurs. Nous nous connaissons depuis plus de vingt ans. Voire même plus pour certains d'entre nous ! Ça crée des liens comme tu peux l'imaginer. De toutes façons, il y a de fortes chances pour que tu fasses leur connaissance durant ce parcours. En tant que membres du comité d'organisation il serait logique qu'ils y tiennent certains des points relais. Puisque nous avons encore le temps veux-tu que je t'en dise plus sur eux ?

— Avec plaisir.

— Le premier des quatre, Marc Bazenage, est généalogiste...

— Ah c'est original, c'est un métier très rare !

— Oui, et je crois savoir qu'ils sont à peine une centaine en France à faire ce job. Marc travaille beaucoup avec les notaires. Il est chargé de trouver les héritiers quand il y a un legs en jeu...

— Passionnant. Pourquoi a-t-il choisi cette voie ? lui demanda Axelle.

— Oh ça lui vient de loin. Dès l'adolescence il a commencé à faire des recherches sur sa famille. C'est quasiment une seconde nature chez lui. Aussi quand il lui a fallu choisir une voie ça été le déclic. Il s'assimile à un véritable détective privé doublé d'un historien. C'est quelqu'un de passionné et de passionnant. Tu verras, il a toujours de fabuleuses histoires à nous raconter...

— Désolé de vous interrompre mais nous y voilà bientôt, les avertit Xavier. Dans deux minutes nous serons aux Chabottes. Ouvrez l'œil.

— Sympa ta voiture, Phil, commenta Céline.

— Oui, pas mal. Je m'en sers pour mes visites à domicile. D'ailleurs j'ai apporté ma trousse médicale. Avec trois femmes à mon bord j'ai pris mes dispositions en conséquence. Je me suis dit qu'il fallait bien ça pour parer à d'éventuelles crises d'hystérie ! railla-t-il.

Ce qui lui valut, but de la manœuvre, un concert de récriminations légitimement féministes dont il jubila.

— Eh ! Voilà le calvaire ! s'exclama Céline au milieu du chahut général et des rires ambiants. Philippe se gara. Tout le monde descendit. En contrebas du calvaire partait un sentier dans un petit bois. Ils décidèrent de le prendre.

*
* *

— Je vois une voiture, annonça Phil. Je crois bien que c'est celle de Marc, notre généalogiste national. Quelle synchronicité ! Vous parliez juste de lui à l'instant, ça tombe bien tu vas pouvoir faire sa connaissance ma chérie, dit-il en se tournant vers sa fiancée.

L'air était déjà chaud, la journée lumineuse. Seuls le bourdonnement et le bruissement des insectes troublaient le calme ambiant. Dans cette forêt, composée essentiellement de hêtres et d'épicéas, l'atmosphère était subtilement parfumée de leurs essences mélangées à celle de la mousse, de la terre et des fleurs. On ne pouvait qu'être touché par un sentiment de plénitude.

Et pourtant le groupe des cinq, tout à son aventure, faisait tâche dans cette harmonie. En tête fonçait Olivia, leader silencieux et efficace du groupe. Suivie de Phil et de Xavier, chahutant comme des mômes et s'envoyant des vannes. A la traîne, les deux filles rouspétaient allégrement contre le rythme imposé par Olivia.

Tout en descendant le sentier, Olivia, le cœur en fête et des ailes au pied, se régalait de ses sensations. Elle se sentait touchée par la promesse du mariage de Céline et euphorique d'avoir retrouvé sés amis. Elle adorait ces instants de délire sans complexe où elle pouvait se permettre de rire de tout et de rien. De ces instants de liesse collective qui accompagne le fait d'être ensemble. Tiens, se dit-elle, bravo pour la mise en scène.

A cent mètres, au milieu d'une petite clairière, assis derrière une table de camping un homme dormait la tête appuyée sur ses bras. Le spectacle paraissait idyllique, on aurait dit un tableau.

Sans en comprendre l'origine, elle ressentit un frisson glacé la parcourir. Suivi d'un coup dans le plexus, un signal d'alarme qui ne lui était que trop familier en cas de danger. Comme si une ombre menaçante venait de se glisser dans le tableau, la contraction dans sa poitrine s'amplifia et elle intuita l'imminence d'un malheur.

Elle avait la sensation d'avancer vers un précipice, un gouffre qui allait l'aspirer de manière inéluctable sans aucun moyen de fuir ni de faire marche arrière. Son cœur battait la chamade, sa tête se mit à tourner, sa respiration s'accéléra. Un homme apparemment endormi, une table, une feuille retenue par un gros caillou il n'y avait pourtant là rien d'alarmant. Tous les sens en éveil, elle s'approcha. Elle comprit instantanément que son instinct ne l'avait pas trompé. Sans se laisser emporter par ses émotions mais en proie à un sentiment d'irréalité et comme si elle se dédoublait, sa nature de chasseresse reprit le dessus et lui permit de réagir sur le champ.

— Surtout ne vous approchez pas, ne touchez à rien, hurla-t-elle au groupe qui arrivait.

Surpris par son ton de voix, ses amis stoppèrent net leur progression. Les yeux écarquillés, ils la regardèrent sans comprendre. Ils la virent s'avancer vers la scène, tel un automate et faire signe à Phil de s'en approcher également. Le tout donnait une impression étrange de flottement, de ralenti. Ils virent Phil se saisir avec précautions du pouls de Marc. Comme aimantés, ils s'avancèrent...

— Mort ! fut le verdict de Phil au groupe qui formait maintenant, à distance respectueuse, un demi-cercle pétrifié et figé autour de la scène. Il vient tout juste de mourir, il est encore chaud. Il a pris un coup sur la tempe avec ce caillou. Imparable..., commenta Phil comme en lui-même d'une voix saccadée, il a dû être tué sur le coup. Il n'a pas dû se méfier. Il est mort assis... Ou alors connaître son agresseur... Celui qui a fait ça nous précède de très peu. Un quart d'heure, vingt minutes tout au plus.

Il releva la tête, les regarda abasourdi. Puis contourna la table. Et lut, à voix haute sans la toucher, au groupe toujours immobile la lettre qui y était déposée. Les mots étaient tapés à la machine. Un texte word.

Bravo, vous venez de gagner la première manche !

Ne prévenez pas la police, vous n'en avez pas le temps, il y va de la vie des autres membres du comité de pilotage...

Si vous voulez avoir une chance de sauver le suivant, à vos neurones !

La suite des instructions se trouve dans la poche droite de votre ami.

Ils restèrent pétrifiés. Des statues de marbre. En état de sidération mentale et physique. Dans le sens le plus littéral du terme. Comme touchés eux mêmes dans leurs propres fonctions vitales. Plus de gestes. Plus de mots. Plus d'affects. Plus de pensées. L'effet du trauma émotionnel. Trop intense. Un vrai moment de panne. D'arrêt. De vide. Seule sensation : le temps s'était interrompu. Figé. De la même façon qu'eux. Avec en toile de fond l'impression de ne plus savoir qui ils étaient...

Ce long moment de flottement fut interrompu par Phil :

— Que faisons nous Olivia ?

— Je ne sais pas... Je suis en train de réfléchir...

Elle se mit à marcher de long en large. Puis, tout en cogitant, déclara de façon hachée, les mâchoires serrées :

— Comment faire ? Pfou… quel choc ! Ce pauvre Marc… Ce qui est sûr, c'est la gravité et l'urgence de la situation. Je ne vois pas d'autre solution que celle d'obtempérer, pour l'instant… D'ailleurs en avons nous le choix ? Nous voilà paumés dans la nature, sans portable, avec un mort sur les bras et la promesse d'autres victimes en perspective… En plein Vercors, aucune habitation à des kms à la ronde, une seule voiture et un assassin qui nous met la pression !… Je ne vois qu'une seule chose à faire : suivre ses instructions, continuer, trouver le suivant. Je ne me sens pas en mesure de réfléchir plus avant, se disculpa-

t-elle. Nous aviserons au fur et à mesure...
Veuillez m'excuser mais je n'arrive plus à réfléchir, répéta-t-elle dans un sanglot. C'est la
première fois que je me trouve personnelle-
ment impliquée dans un meurtre. Je ne veux
pas prendre un risque que je regretterai toute
ma vie. Je ne me le pardonnerai pas... Visiblement nous n'avons pas affaire à un plaisan-
tin et il y a urgence. Bon, se reprit-elle d'une
voix raffermie, je prends le contrôle des opéra-
tions. Et vous demande d'accepter mes directives pour l'instant.

— C'est toi qui dis ça ! Toi, *un commissaire de police,* hurla Céline en pleine crise
d'hystérie. Tu parles d'un commissaire ! On
croit rêver ! Il faut prévenir la police immédiatement.

— *Il* est mort Céline. *Il* n'ira plus nulle
part. *Il* ne bougera pas d'ici. *Il* ne peut plus
rien lui arriver maintenant, fit Olivia en martelant ses mots.

— Ne l'écoutez pas, il faut aller prévenir la
police tout de suite, tempêta Céline de plus en
plus agitée. Il faut que quelqu'un reste avec
Marc. Moi je vais à la police !

— Avec quelle voiture Céline ? Nous
n'avons *qu'une seule* voiture à notre disposition *et pas* de portable, continua Olivia en
scandant ses mots. Le moindre poste de police
est à des kilomètres de nous. Fais-moi confiance, dès que nous le pourrons nous la pré-

viendrons. Je crois que tu n'as pas bien entendu le message du meurtrier. *Il y va de la vie
des autres* ! Pour le moment *occupons nous*
des *vivants, s'il en est encore temps*. Nous
n'avons *pas d'autre choix* que de *continuer* le
jeu de ce malade.

— C'est toi qui déraisonnes Olivia, fit Céline accablée. Tu as entendu la menace de ce
taré. Tu oublies un peu vite que Sébastien fait
partie du groupe relais. Il faut prévenir la police au plus vite. Elle seule est à même de nous
protéger tous ! Elle s'effondra dans les bras de
Phil.

— Mais que veux tu que la police fasse de
plus que nous ?… rétorqua Olivia. Personne
ici n'est en mesure de dire la suite de ce parcours. Tu l'es toi Céline ? lui demanda-t-elle.

Elle attendit quelques secondes la réaction
de Céline qui baissa les yeux et, devant son silence, continua :

— Alors au nom de quoi la police le pour-
rait-elle plus que nous ? Ne vois-tu pas à quel
point nous sommes piégés ? Pris en otage au
gré des énigmes de ce rallye ? Prisonniers d'un
engrenage ? Et plongés dans une course contre
la montre ? … Personne ne sait où se trouve le
point suivant. La police ?… Elle sera aussi
impuissante que nous. Si on l'attend, on perdra
un temps précieux. Il faut qu'on ouvre la voie
pour la police justement, qu'on gagne du
temps. Je comprends ce que tu ressens. Je

n'oublie pas que Seb fait partie des futures victimes potentielles. Je n'oublie rien et c'est bien pour cela que je vous presse de continuer. Nous n'avons pas le choix pour le moment et pas un instant à perdre !

Elle fouilla rapidement la poche du mort et y trouva une enveloppe cachetée, identique à celle de la première énigme, dont elle lut le contenu à voix haute :

Eugène Chavant dut aller y manger du vassiou

— C'est tout ? demanda Axelle atterrée.

— Ç'est quoi encore cette merde ? explosa Phil.

— Je ne comprends rien à ce charabia. Ça te dit quelque chose Xavier ? lui demanda Olivia blême.

— Je crois que oui, répondit celui-ci. A l'époque, lors de la descente d'alpage, les brebis trop petites et trop jeunes pour faire le chemin de retour vers la Provence étaient laissées là par les bergers transhumants. On appelait ces agnelles, Vassiou ça veut dire agneau gras en franco provençal, déclara celui-ci prolixe. Bien que visiblement sous le choc lui aussi, il parlait au ralenti se servant de sa rationalité pour ne pas se laisser envahir par l'émotion.

— Oui et alors ! protesta Olivia exaspérée. Qu'Eugène Chavant dut aller y manger de l'agnelle, du vassiou ou de l'agneau gras comme tu voudras, ça nous fait une belle jambe !

Xavier l'interrompit calmement :

— Mais non. T'emballe pas. Parce que vassiou a donné son nom à la ville de Vassieux en Vercors.

— Tu pouvais pas le dire plus tôt, protesta Olivia. Effectivement, ça change tout.

— Mais comment y retrouver Eugène Chavant ? demanda Phil. Et d'abord sais-tu au moins qui c'est ?

— Bien sûr, leur expliqua Xavier toujours sous self-control apparent, Eugène Chavant est un des compagnons de la libération de la guerre de 39-45. Il s'est rendu célèbre sous le nom de « Clément ». Il s'était lancé dans l'aventure du maquis en 1943 et était responsable du plan Montagnards dans le Vercors. Et comme Vassieux en Vercors a été, une des bases de la résistance en 44, il a dû s'y rendre.

— Oui mais, intervint Céline agressive, et là-bas on fait comment ? On va frapper à toutes les portes ? Coucou c'est nous... on cherche Clément !

— Devant la mairie il y a un monument élevé aux martyrs de la résistance… son nom doit y figurer, nous devrions y retrouver sa trace. C'est là je pense que nous allons récupérer notre prochain message, les rassura-t-il.

— Fonçons ! leur intima Olivia, non sans un regard en arrière pour bien se fixer le topo des lieux.

Dans la voiture l'atmosphère, lourde de menaces, était devenue insupportable. Elle prit le temps de quelques notes, au milieu du silence de ses partenaires en état de choc. Puis les observa. Les deux hommes se tenaient à l'avant. Philippe accroché au volant serrait les dents en silence, les maxillaires tétanisés. Assis à ses côtés, Xavier se frottait la barbe en ronchonnant à mi-voix. A l'arrière, Axelle plongée dans la contemplation du paysage ne pipait mot, et entre elles deux, Céline à cran se tordait les mains d'angoisse, penchée en avant comme pour avancer plus vite. Olivia commençait à sortir du sentiment d'irréalité qui l'habitait jusque-là. Elle intégrait, petit à petit, le fait qu'un de ses amis d'enfance venait de se faire tuer.

En proie au vertige, elle mesura alors mieux la situation dans toute son horreur et ce à quoi elle et ses partenaires étaient forcés de participer. Elle se sentit prise en otage. Non seulement elle venait de perdre un être cher, mais en plus, était menacée d'en perdre d'autres.

Oh mon Dieu, murmura-t-elle. Cette folie meurtrière, à la fois proche et intrusive, lui faisait perdre pied. Ça allait à toute allure dans sa tête. Elle passa en revue leur passé, n'y trouva rien. Elle s'essaya à différentes conjectures. Mais son esprit bloquait. Elle était dans l'incapacité d'envisager l'hypothèse que le meurtrier puisse être un intime. Elle ne pouvait tout de même pas suspecter ses propres amis d'enfance. Encore moins un des membres du comité, c'était impossible. C'était presque comme de se suspecter soi-même. Inconcevable, se dit-elle. Mais alors qui d'autre ? Comment allait-elle pouvoir faire face à l'amitié et en même temps prendre le recul nécessaire à la recherche de la vérité ?

Un sentiment de panique la submergea sur le champ. Elle tenta de rationaliser face au vertige qui la saisit. A la fois moite et glacée, elle se morigéna pour ses émotions et s'incita à retrouver ses réflexes policiers et rien d'autre.

Elle sortit de son monologue intérieur pour leur avouer :

— J'imagine que vous devez vous sentir coupable d'abandonner Marc là. Je le comprends d'autant mieux que c'est ce que je ressens moi-même. Malheureusement nous n'avons pas le choix.

— Qui peut bien en vouloir à Marc au point de le tuer ? finit par demander Phil d'une voix blanche. Ça me paraît tellement incompréhensible.

— Il était marié ? demanda Axelle en sortant de son mutisme et en se tournant vers Olivia.

— Oui et sa femme est enceinte de six mois.

— Tu parles d'une merde, firent d'une même voix Phil et Axelle.

— Je ne sais pas quoi dire. Je suis sur le cul. Ce n'était pas celui dont je me sentais le plus proche mais je l'appréciais bien, déclara Xavier.

— Peut-être avait-il découvert quelque chose au cours d'une de ses enquêtes généalogiques ? avança Céline. Quelque chose que quelqu'un ne voulait pas voir dévoilé ?

— Possible… l'avenir nous le dira, répondit Olivia.

*

* *

Vassieux en Vercors constituait donc leur seconde étape.

Toujours aussi féru d'histoire de sa région, Xavier leur expliqua durant le trajet - du moins à la seule qui l'écoutait encore, à savoir Axelle - à quel point Vassieux avait été une des villes martyres de la seconde guerre mondiale. Sacrifiée à la cause de la résistance française en 44 par la volonté de patriotisme de ses habitants, elle l'avait payée très cher. Du prix du massacre d'un grand nombre de ses habitants et de la destruction de la totalité de ses maisons, brûlées par l'ennemi. Aussi, avait-elle été totalement reconstruite pour devenir lieu de mémoire. Les différents monuments qui jalonnaient la ville témoignaient de son histoire. Du mémorial où ils étaient passés sans y trouver personne, ils arrivèrent devant la mairie. C'est là qu'ils découvrirent l'imposante plaque commémorative dédiée aux martyrs de la résistance. Et en-dessous, visiblement placé là pour les accueillir comme point relais de ce rallye, Vincent Delebarre, leur ami commun hilare :

— Non, mais vous vous êtes vus ? C'est quoi ces allures de déterrés ? Vous vous êtes disputés ? Vous avez le mal des transports ou quoi ?

Le décalage entre cette bonhomie et le choc qu'ils venaient de subir fit craquer les nerfs d'Axelle qui se mit à pleurer tandis que Céline dans un état d'agitation extrême lui sautait au cou.

— Vincent ! Tu es *vivant* ! C'est super. Nous avons eu si peur !

Vincent comprit sur le champ qu'il s'était passé quelque chose de grave.

Ils l'affranchirent succinctement.

— Vous voulez me dire que Marc est mort ? On parle bien du même Marc ? Marc… Bazenage ? Marc est mort... C'est quoi cette histoire de fou ? Si c'est une blague elle est vraiment de mauvais goût ! Vous… vous êtes sûrs de vous ? Je ne sais pas moi… vous n'avez pas confondu, ce… ce n'est pas une mi… mise en scène ? s'écria t-il épouvanté, butant sur les mots et terminant sa phrase en bégayant.

— Non. Malheureusement tout cela est bien réel, lui confirma Olivia. Nous l'avons retrouvé, mort assassiné, au point de contact prévu.

— D'ailleurs il serait temps d'aller à la police, intervint Céline.

— Du calme Céline, laisse-moi gérer, c'est prévu, fit Olivia d'une voix ferme. Juste le temps d'éclaircir deux ou trois points avec Vincent. Avec qui as-tu été en contact Vincent ?

— Je n'ai vu personne, lui répondit celui-ci tout pâle. Vous êtes mon premier équipage.

— Non je veux dire : qui t'a demandé d'être là ? insista-t-elle.

— En fait personne en particulier, déclara-t-il lentement en essuyant son visage couvert de sueur. J'ai reçu une lettre signée du comité d'organisation des anciens de la promo 94. Elle me demandait mon concours à ce rallye, d'y servir de relais. Il m'était spécifié de garder le mystère, de n'appeler personne et de me poster là, *sans portable,* le samedi 12 juin à 10h15. Mon but : réceptionner les équipages et les orienter. A l'issue de la matinée, un des organisateurs viendrait me récupérer, ajouta-t-il de façon automatique, l'esprit vidé.

— C'est tout ? lui demanda Olivia.

— Non, elle était accompagnée de la photocopie d'une des invitations, celle envoyée à
votre équipage : l'équipage I et d'une enveloppe cachetée à la cire. Les premiers à me
trouver, vous en l'occurrence, deviez briser le
mystère du lieu suivant en ouvrant
l'enveloppe, raconta-t-il.

— Et après ? Que devais-tu faire ?

— Ça m'a paru original. Sympa. Plein de
promesses à la lecture de vos noms. Je devais
juste confirmer ma participation au comité
d'organisation par boite postale. Ce que j'ai
fait. Et je suis venu, conclut-il simplement.

— En tout cas tu es encore en vie, souffla
Phil.

— Il semble que quelqu'un se soit servi du
mystère du comité d'organisation pour faire la
peau à Marc, souligna Olivia.

— Oui, mais comment l'assassin pouvait-il
savoir l'endroit où trouver Marc puisque celui-
ci était tenu secret ? objecta Vincent avec logique.

— Marc faisait partie de ce fameux comité
d'organisation, lui expliqua Olivia.

— Je n'y comprends rien, dit Vincent.

— En fait, intervint Céline, Sébastien et
moi allons-nous marier. Le sachant Marc, Bertrand, Simon et François ont proposé à Sébastien de nous offrir *un rallye et sa soirée,* en
guise de fête de fiançailles. Et de l'organiser
en gardant le mystère sur l'objet de ce rallye,

sur les participants, le lieu final. C'est eux le comité d'organisation !

— Ils sont donc les seuls à savoir où se trouvent les uns et les autres. Donc l'assassin ne peut être que l'un d'eux. Logique, non ? déclara Vincent. Content pour toi Céline et bravo, ajouta-t-il d'un air sombre.

— Arrête. Ce n'est pas le moment, je suis terrorisée. Seb fait partie d'un des points relais et nous ne savons pas s'il va y avoir d'autres victimes. Alors attends la fin du rallye pour me féliciter, veux-tu, fit-elle en croisant les doigts pour conjurer le sort.

— Il est urgent de poursuivre, leur déclara Olivia. Peux-tu nous remettre l'enveloppe Vincent ?

Ce qu'il s'empressa de faire. Elle la décacheta avec fébrilité et leur en fit la lecture :

Arriverez-vous à faire suffisamment diligence pour sauver le suivant ?

— Oh non, ça recommence, fit-elle blême. Il nous provoque à nouveau.

L'araignée y a tissé sa toile et s'est mise au pas...

— C'est tout ?

Leurs regards paniqués convergèrent vers Xavier.

— Je ne vois pas, fit celui-ci perplexe. Un instant…, ajouta-t-il en se plongeant dans son guide.

— Merde de merde, dit Phil.

Au bout de quelques secondes d'un silence de plomb, personne n'osant le distraire, Xavier s'exclama :

— L'*araignée*, bon sang, mais oui bien-sûr ce n'est pas l'animal. Que je suis con ! C'est le château de Larenier à St Martin en Vercors ! Je n'ai plus toute ma tête... *et s'est mis au pas* : au Pas de l'Ane évidemment.

— C'est quoi le pas de l'âne ? lui demanda Axelle.

— Un chemin de montagne, longtemps impraticable, répliqua-t-il.

Céline poussa un soupir de soulagement.

— Allons-y. Direction le Pas de l'Ane à la sortie de St Martin en Vercors, c'est là que nous trouverons notre prochain contact, annonça Xavier de nouveau sûr de lui.

— Holà un instant ! leur fit Olivia, stoppant net leur élan vers la voiture. Auparavant il nous faut prendre des décisions. Savoir qui vient qui reste.

Elle se passa la main dans les cheveux, l'air concentré.

— Primo : toi Vincent il est impératif que tu ailles à la police. Il faut absolument les briefer sur le drame que nous venons de vivre et sur le piège qui s'est refermé sur nous. Nous nous trouvons contraint à continuer ce rallye coûte que coûte pour ouvrir la voie et dénicher les points de contact suivants. Dirige les vers les Chabottes où se trouve le corps de Marc. Je te confie ce rôle. Si je le fais moi-même, je sais que vais perdre un temps fou. Je les connais ces lascars. Ils vont me cribler de questions, vouloir prendre le contrôle de la situation, ce qui est tout à fait légitime de leur part, mais je n'en ai ni le temps, ni les moyens. J'ai pris ma décision, je continue. Comme tu l'as compris nous sommes piégés. Et je me sens plus utile ici que là-bas. Il me faut donc poursuivre. Dis-le leur bien, ordonna-t-elle rapidement d'une voix ferme.

— Compte sur moi, la rassura Vincent l'air très concentré.

— Secundo : lesquels d'entre vous veulent arrêter-là ce rallye et accompagner Vincent à la police ? Lesquels veulent continuer ? demanda-t-elle au groupe.

Il y eut un moment de silence. Chacun mesurant la portée de l'engagement à venir. Phil intervint :

— Le seul de nous tous à être un spécialiste du Vercors, c'est toi Xavier. Tu me parais de ce fait complètement indispensable à la poursuite. Et le plus susceptible de nous faire gagner un temps précieux.

— Pas de problème, je vous suis affirma celui-ci d'un air déterminé. Il ressentait le besoin d'être dans l'action coûte-que-coûte.

— Quand à moi, décida Phil, on pourrait avoir besoin de mes compétences médicales donc je poursuis. Et toi Axelle que décides-tu ? Sa fiancée le regarda, secoua la tête :

— Je poursuis également, déclara-t-elle. Je ne supporte pas l'idée d'être séparée de toi dans ces conditions.

Céline, de loin la plus agitée, intervint à son tour :

— Je veux venir, je ne supporterai pas d'attendre. Ça me rendrait encore plus malade. Je veux me rendre utile et retrouver Sébastien au plus vite.

— En es-tu sûre ? lui demanda Olivia. Pourtant, tout à l'heure, c'est toi qui voulais rester et aller à la police.

— Sûre ! excuse-moi Olivia pour ce qui s'est passé, j'ai complètement disjoncté. J'ai tellement peur de perdre Seb. Tu comprends *je balise à mort,* ajouta-t-elle sans se rendre compte de son jeu de mots macabre.

— Oui bien-sûr que je comprends. Quant à moi, la question ne se pose même pas, ma présence tombe sous le sens, affirma Olivia.

— Ça ne fait aucun doute, lui confirma Phil.

— Ok ! Nous poursuivons donc tous ensemble. Et désolé pour toi Vincent, tu restes seul. On compte sur toi pour servir de relais. Dernier point : n'oublie pas de faire le lien et d'envoyer également la police sur nos traces au Pas de l'Ane. Quoique nous puissions y trouver, nous vous y laisserons un message pour le point suivant, lui recommanda Olivia.

Les portes claquèrent, la voiture démarra en trombe... Le tout avait dû leur prendre un petit quart d'heure.

*
* *

— Nous y voilà, dit Phil.

— Alors c'est ça le pas de l'Ane, ce chemin ? demanda Axelle.

— Oui son démarrage, lui répondit Xavier. Et voilà la voiture de Bertrand, je la reconnais.

Ils abandonnèrent leur voiture à côté de la sienne.

— Par là conseilla Xavier, il doit se tenir derrière cette stère de bois.

Malgré leurs appels, Bertrand ne répondait pas. Mauvais signe, se dit Olivia le cœur serré, redoutant le pire.

Pourtant, il était bien là. Assis derrière une table de camping. Sa silhouette massive carrée dans un fauteuil pliant. Sa tête emprisonnée dans un sac plastique sanguinolent. Du sang avait coulé le long de son cou et souillé sa chemise. La vision de cette tête, enveloppée dans un vulgaire sac de supermarché, ajoutait encore si c'était possible au macabre de la mise en scène. Céline poussa un cri, Axelle se mit à trembler, Olivia elle-même se sentit défaillir.

Blême mais stoïque, Phil s'approcha, prit son pouls et opina du chef. Ils comprirent.

— Il n'y a plus rien à faire ! Mon pauvre vieux, murmura-t-il, les larmes aux yeux. Le meurtrier n'y a pas été de main morte cette fois ci, il lui a cogné dessus comme un sonneur. Quel sagouin ! Pourquoi s'est-il acharné sur lui de cette façon là ?

— J'ai peur, chuchota Céline se détournant de la scène.

— J'arrête, déclara Axelle l'air paniqué. Je ne vais pas plus loin. C'est trop horrible. Je ne supporte plus, j'attends la police ici.

— Tu n'attends rien du tout, proféra Olivia d'une voix sévère et sans réplique. Personne ne restera ici tout seul. C'est à Vassieux qu'il fallait se décider. Nous ne savons pas combien de meurtriers il y a, c'est trop risqué. Elle se tourna vers Phil pour lui demander l'heure présumée de la mort de Bertrand.

— Je dirai plus d'une heure, répondit celui-ci. Entre une et deux heures.

— Sur quoi te bases-tu pour apprécier l'heure de sa mort ? demanda Axelle d'une voix tremblante.

— Sa température. Après la mort, le corps descend d'un degré par heure.

— Bien plus d'une heure ! intervint Olivia. Ça veut dire que l'assassin est en train de gagner du terrain. Nous n'avons plus une minute à perdre. C'est un vrai cauchemar.

Elle se dirigea vers la table où se trouvait un mot de même facture que celui trouvé aux Chabottes.

Dommage... Serez vous plus efficace pour le suivant ?

La suite de l'aventure se trouve dans la poche droite de votre ami.

Elle trouva l'enveloppe, la lut au groupe :

7 merveilleuses fées se sont penchées sur le couffin de la 8ème entre lac et fistuleuses

— A toi Xavier, fit-elle.

— Désolé mais je ne vois vraiment pas, objecta Xavier, blanc comme un linge. Je suis plus doué en histoire et topologie du Vercors qu'en ses mythes et légendes. Excusez-moi mais je ne me sens pas bien, ajouta-t-il en proie à un malaise subit. En panique et proche de la syncope, il s'appuya à un arbre. *Je n'arrive plus à respirer,* rajouta-t-il.

Phil le fit s'allonger au pied de l'arbre, demanda à Olivia de lui maintenir les jambes à la verticale pendant qu'il allait à la voiture chercher sa trousse.

Céline, de plus en plus agitée, marmonnait, tout en déambulant. Ça me rappelle quelque chose, finit-elle par dire. Et si c'était les grottes de Choranches ? Je les ai visitées l'année dernière.

— Qu'est-ce qui te fait penser aux grottes de Choranches ? lui demanda Olivia.

— Le mot couffin. La plus grande des grottes en fait, est baptisée *couffin*. Ça m'a marqué. Elle est réputée pour ses stalactites creuses, les fistuleuses. En plus, j'en suis presque sûre elle a un lac. Je m'en souviens comme si c'était hier, leur assura-t-elle.

— Et les 7 fées, alors ? demanda Axelle retrouvant un peu d'aplomb.

— Ça doit être les sept grottes qui l'entourent, décréta Céline l'air songeur.

— Je pense que tu as raison Céline, fit Xavier en se rasseyant, tout en triturant sa barbe rouquine. Tout ce que tu dis est exact, je connais bien ces grottes. C'est là que doit se trouver notre prochain contact, sans doute à proximité de l'entrée. Mais c'est un lieu très touristique. Difficile d'imaginer qu'un assassin puisse commettre un crime à cet endroit-là.

— Lui c'est Bertrand ? s'enquit Axelle en montrant le mort.

— Oui Bertrand Ravel… antiquaire à Grenoble, lui-répondit Olivia.

— Plus maintenant !... était, rectifia Xavier. Je perds mon meilleur ami, ajouta-t-il d'une voix rauque, ses yeux bleus pâles virant au gris sous l'effet du chagrin et de l'angoisse. De temps en temps, il me donnait des plans pour ma brocante. C'était quelqu'un de très érudit.

J'adorais parler avec lui, j'apprenais chaque fois quelque chose. Je ne comprends pas.

Il s'éloigna. Ils l'entendirent pleurer comme un gamin.

— Il était marié ? Il avait des enfants ? s'inquiéta Axelle.

— Oui deux enfants. Des jumeaux et il ne comptait pas s'arrêter en si bon chemin. Il plaisantait sur la possibilité de recommencer un doublé, ajouta tristement Olivia à l'évocation de ces souvenirs. Tu t'en souviens Phil ?

— Bien sûr. Mais quel intérêt peut on avoir à tuer quelqu'un comme lui ? C'est absolument incompréhensible. Il était marié, heureux, sans histoires. C'était une bonne pâte, un bon père, un homme tellement tranquille, commenta Phil.

— C'est toujours ce qu'on croit. Connaître les autres ! … *on ne connaît jamais l'autre*, l'interrompit Olivia en proie à une fureur soudaine. O*n ne l'attend jamais où il est*, la preuve ! S'il y a bien une chose que je commence à comprendre en faisant ce métier et en côtoyant le genre humain, c'est bien celle-là ! Si tu savais le nombre de fois où j'ai pu vérifier à quel point c'est vrai, conclut-elle.

Mais je ne pensais tout de même pas, soupira-t-elle qu'un jour je devrai vérifier cet adage auprès de mes propres amis…

Elle prit le temps de laisser quelques directives écrites de sa main pour la police avant de lever le camp.

*

* *

Un flot d'éclats de rire nerveux retentit sur le chemin. La montagne environnante s'en faisait l'écho telle une caisse de résonance. Dans l'état de déstabilisation et d'irréalité où ils se trouvaient tous, il leur semblait que c'était la montagne elle-même qui s'esclaffait, se gondolait, se moquait d'eux. Le rire s'amplifia, se modula, se transforma, s'arrêta pour mieux redémarrer. Mais était-ce des rires où des pleurs ? Difficile à percevoir. Sur le parking des grottes de Choranches où ils patientaient en attendant Olivia, ils se dévisagèrent inquiets. Les nerfs à cran. Ils l'avaient laissé s'élancer à la rencontre de leur point relais. Seule. Car - vu l'endroit choisi comme lieu de rencontre - il était impossible d'y trouver un cadavre. Trop touristique. Elle avait pris le sentier qui menait à l'entrée de la grotte. Pourtant rien ne se passait. A part ce rire. Au bout de quelques instants interminables, ils la virent enfin revenir en compagnie de leur amie Valentine Deschamps. Une enveloppe dans la main gauche. Et de la droite tenant fermement le bras de Valentine, visiblement en train de disjoncter. C'était bien des rires. Des rires témoins du stress intense vécu. Des rires à la place des larmes.

Olivia la confia à Phil pour qu'il prenne soin d'elle. Même « modus operandi » que pour les autres, elle non plus n'a pas de portable, lui confirma Olivia.

Elle déchira l'enveloppe et se mit de côté avec le reste du groupe pour élucider la nouvelle énigme qu'elle lut à voix haute :

Sauf le suivant ? A vous de voir...

Avant d'y pénétrer à grands pas pour y faire céder le sien à l'allié,
coule ver Naison

C'est quoi ce charabia..., faire céder le sien ?... , l'allié au temps de la guerre ?... , c'est quoi ver, un ver de terre ?... fusèrent en tous sens, témoins de leur consternation et de leur affolement. Olivia sentit qu'elle ne contrôlait plus rien.

Fort heureusement, Xavier avait un peu repris ses esprits.

— Ça doit-être un jeu de mots, leur déclara-t-il tout en consultant son plan. Dans le coin, il y a le Pas de l'Allier. C'est le point culminant des plateaux de l'Allier.

— Et là, la Vernaison, je la vois là, c'est une petite rivière, ajouta Céline penchée par dessus son épaule, en la pointant du doigt.

— Mais oui c'est ça ! Pour faire céder le sien à l'Allié ce qui revient à dire : pour faire céder le Pas de l'Allier, coule la Vernaison, commenta Olivia.

— Il manque grands pas, c'est quoi ? demanda Axelle.

— Grands pas ça doit être pour désigner les Grands Goulets, réfléchit Xavier. Ça y est, j'y suis : avant de pénétrer dans les grands Goulets pour y faire céder le Pas de l'Allier coule la Vernaison.

— *Avant de pénétrer,* dit le message, n'oubliez pas. Il ne faut donc surtout pas pénétrer dans les grands Goulets mais aller vers Naison, les prévint Olivia.

— Nous y sommes ! ça veut dire : rebrousser chemin et aller en amont du Pas de l'Allier et des grands goulets pour prendre la route qui suit la Vernaison, c'est à dire la départementale 103 résuma Xavier.

— Plus de temps à perdre, nous y fonçons, ordonna Olivia. Qui prit pourtant le temps d'expliquer à Valentine le rôle de débriefing auprès des policiers qu'elle attendait d'elle, afin de permettre à ces derniers de leur emboiter le pas dans ce jeu de piste macabre. Des policiers qui grâce à Vincent, conclut-elle, n'allaient pas tarder à débouler.

— Ça va aller Valentine ? s'enquit Phil inquiet, Tu vas pouvoir tenir ? Nous pouvons te laisser ?

— Je crois que oui, ne t'inquiète pas, fit Valentine se voulant rassurante alors qu'en fait elle se sentait complètement sonnée. Et puis le sédatif que tu m'as donné va agir. J'attends la police. Faites vite, moi je ne risque rien, il y a du passage par ici. Surtout que la route que vous allez emprunter, c'est pas du gâteau, il n'y a que des virages...

Bon sang, quelle terrible concordance, songea Phil... Je ne croyais pas si bien dire tout à l'heure lorsque je faisais mon humour à deux balles sur l'emploi que je pourrai faire de ma trousse médicale face à l'hystérie féminine !

*

* *

Quand je pense que nous traversons une des plus belles régions de France. Et que nous sommes en plein jeu de massacre. Quelle horreur ! songea Axelle, happée malgré-elle par la beauté du paysage. Elle s'immergea dans ses sensations esthétiques. Une façon comme une autre de faire écran à l'horreur vécue.

On ne pouvait qu'admirer le passage qu'ils étaient en train de traverser. Une des curiosités naturelles les plus extraordinaires du Vercors, les Grands Goulets. La route s'accrochait à flanc de paroi, défiant le vide et offrant de magistraux surplombs. Elle formait un défilé encaissé et dominait de nombreuses cascades en contrebas dans la gorge. S'y engager re-quérait de la part du conducteur énormément de vigilance car certains points de son par-cours ne laissaient guère de place que pour une seule voiture. Et pour couronner le tout, il y régnait en permanence une atmosphère im-pressionnante faite d'humidité et de quasi obscurité. Ce qui, pour l'heure et malgré la splendeur de la journée, surajoutait encore au spleen éprouvé par les passagers.

— Un rallye de la mort, il fallait y penser. Et nous rendre responsables ou coupables vis à vis de ces morts, quelle perversité, lança Axelle.

— Oui tu as raison, responsables, voilà un mot qui donne à réfléchir, dit Olivia tout en le notant. C'est clair que l'auteur de ces crimes essaie de nous en rendre responsables. Il sait très bien que nous aurons du mal à échapper au sentiment de culpabilité. Toute la question est de savoir pourquoi il induit cela ? Pourquoi ce rôle de bourreau nous est-il imputé ? Qu'avons-nous à nous reprocher les uns et les autres pour voir nos meilleurs amis se faire massacrer à tour de rôle ? ajouta-t-elle.

— Ce n'est pas que je me prenne pour un saint mais je ne vois vraiment pas, objecta Phil.

— Et moi alors ? Est-ce un crime d'être amoureuse ? l'interrompit Céline sombrement. Dans cette histoire je me sens doublement concernée et pénalisée. Non seulement je suis en train de perdre mes meilleurs amis… mais en plus il y va de la vie de mon fiancé, ne l'oubliez pas. Je risque de tout perdre. Si ça arrive je ne m'en remettrai jamais… jamais, vous m'entendez !

— C'est un fou furieux ! l'interrompit Xavier mal à l'aise.

— En tout cas, ajouta Olivia, il nous manœuvre c'est sûr. Et semble suivre un plan. Avez-vous remarqué qu'une fois sur deux nous tombons sur un cadavre ? Ce qui voudrait dire, si tel est le cas, que nous devrions nous attendre à en trouver un autre au prochain point relais… Céline eut du mal à réprimer une plainte.

Tous compatirent, conscients du dramatique de sa situation personnelle et aucun ne se risqua à la rassurer.

Responsables, coupables qu'avons-nous donc bien pu faire pour que dans la tête de quelqu'un cela mérite un tel châtiment collectif, s'interrogea Olivia ?

*
* *

A l'embranchement prévu, ils prirent la départementale longeant la Vernaison. Plus personne n'osait parler. Dans la voiture régnait un silence oppressant. L'angoisse, la peur, l'impuissance s'étaient, en véritables tyrans, à nouveau emparés d'eux. Leur malaise physique et psychique allait crescendo. Pourtant, Olivia le sentit, l'espoir n'avait pas complètement disparu. Elle ne trouva rien à dire ne voulant ni leur raconter d'histoire, ni les bercer d'illusion. Elle n'en avait pas. Elle pressentait que la prochaine halte serait dramatique. Et que ce n'était pas encore la fin de leur descente aux enfers. La question était : quelles étaient leurs chances réelles d'arrêter l'assassin ? Et comment tout cela allait-il finir ?

— Vise ce sentier qui descend vers la rivière, notre prochain contact doit être derrière ce bosquet, prédit Olivia à Phil qui arrêta la voiture.

Ils descendirent tous. Et s'engagèrent en silence sur le chemin. Chacun d'eux donnait l'impression d'y aller à reculons. Effectivement une voiture se trouvait là.

Et camouflé par elle, Simon. A même le sol. Yeux grands ouverts. Mort. Une expression de stupéfaction sur le visage. Il paraissait immense, allongé comme ça sur le sol. Et si jeune. Un bien improbable cadavre.

A côté de lui un thermos. Cassé par la chute subie. Et un gobelet. Sur le devant de sa chemise une tâche de café semblait être le témoin de la rapidité de son décès.

Phil confirma la mort, s'accroupit, sentit le contenu du thermos. Et crut reconnaître l'odeur caractéristique d'amande amère du cyanure.

— Cela semble être du cyanure, leur annonça-t-il. Sa mort a dû être foudroyante.

Foudroyés aurait pu être l'adjectif employé pour décrire la bande des cinq. K.O. Rétamés. Achevés.

— Et de trois, proclama Xavier. Le salaud !

Céline s'enfuit derrière les bosquets, ils entendirent les bruits caractéristiques de quelqu'un qui vomit.

— A quand remonte sa mort ? demanda Olivia à Phil.

— Plus de deux heures, apparemment jugea celui-ci.

— Il gagne de plus en plus de temps sur nous, constata Olivia.

— C'est bizarre, pourquoi du poison cette fois ci et pas les autres fois ? hasarda Axelle.

— Bonne remarque, lui confirma Olivia en prenant note.

— Qu'est-ce que tu crois, grinça Xavier. Si tu t'imagines que c'est drôle au bout d'un instant de fracasser des crânes, faut bien se divertir un peu ! Si je trouve le salaud qui a fait cela, justice ou pas je m'en fous, je me le fais !

— Il faut avancer, murmura Olivia. Fouillons sa poche.

Vous avancez !...

— Merde, fit Olivia d'un air dégoûté. Voilà que je me mets en phase avec lui maintenant.

Petit à petit Eulalie prit goût à la Sainteté

— L'enfoiré il nous ballade, grommela Xavier en regardant son plan, nous voilà renvoyés à Ste Eulalie.

— Ça correspond à quoi petit à petit ? demanda Axelle.

— Aux petits Goulets. Ste Eulalie via les petits goulets. Petit à petit indique également que le point relais doit être entre les Petits Goulets et Ste Eulalie, lui expliqua Xavier.

— Il nous ballade, leur signala Olivia, pour mieux se donner du temps, toujours plus de temps. Et sacrément même. Il y a fort à parier, qu'à notre prochain rendez-vous, notre contact sera vivant. Un mort, pour un vivant. Toujours pour lui permettre une longueur d'avance. Il a bien monté son coup. Filons d'ici nous n'avons plus rien à y faire, ordonna-t-elle en mettant sur le mort des instructions pour la police.

— On pourrait au moins prendre le temps de lui fermer les yeux. On n'est pas des barbares tout de même, protesta Axelle à l'intention d'Olivia.

— C'est vrai, tu pousses fulmina Xavier.

— Voilà je m'y attendais, songea Olivia. Ça va partir en vrille !

— On ne touche à rien ! C'est un ordre, ordonna-t-elle au groupe en se blindant intérieurement, la tête en vrac.

— Ça commence à bien faire, grommela Xavier.

— Qu'est-ce qui te prend d'un seul coup ? demanda Phil à sa fiancée en l'isolant du groupe, ce qui n'empêcha pas les autres de les entendre se quereller.

— Il ne faut pas exagérer tout de même, fulmina celle-ci, comme si ce n'est pas assez dur comme ça ! Il faut qu'elle nous mette une pression supplémentaire. Même pas le temps de souffler, d'intégrer le choc. Un mort, toc ! On passe à un autre ! Si elle en a l'habitude, grand bien lui fasse. Elle pourrait quand même penser à nous, nous ménager un peu.

— C'est vrai qu'elle a retrouvé ses mécanismes de flic, mais elle n'y est pour rien si on est dans l'urgence, objecta Phil prenant la défense d'Olivia.

— L'urgence de quoi ? Il est en avance sur nous. Il les tue tous ! Alors cinq minutes de plus ou de moins, c'est pas ça qui va changer quoi que ce soit quand même. Pas la peine de se raconter d'histoires ou de se voiler la face. Elle a été écrite d'avance l'histoire ! Vous ne le comprenez donc pas ! proclama Axelle survoltée, d'une voix hystérique.

— Tu n'en sais rien, protesta Phil pour la forme, atterré en réalité sur le fond.

Céline quand à elle, à l'écart, allait et venait l'air angoissé.

Une fois de retour dans la voiture, Olivia essaya de calmer le jeu :

— Je me rends bien compte que mes méthodes vous hérissent. Ne croyez pas que je passe comme ça, sur un claquement de doigt, d'un mort à l'autre sans aucun état d'âme. Je me sens atterrée moi aussi. Mais je me dois de faire face et de tenir. Nous sommes tous très traumatisés et dans la même galère. Je dis bien *nous* et *tous*. Quand au fait de vous mettre la pression… Je veux juste vous signaler que ce n'est pas cinq minutes de plus ou de moins passées auprès des victimes qui changeront quoique ce soit à leur réalité, ni à l'impact émotionnel que vous subissez. Et croyez-moi, je sais de quoi je parle. Je connais bien les phénomènes de stress traumatiques et pas seulement en théorie. En plus, notre cauchemar n'est apparemment pas fini. Et si nous y ajoutons des dissensions entre nous ce sera encore pire. Nous devons donc absolument rester unis et nous faire confiance.

Et le pire est encore devant nous, pensa-t-elle sans oser le leur dire…

— Heureusement que tu es là Olivia, protesta Xavier d'un ton caustique. Merci de m'expliquer ce que je suis en train de vivre. Tu nous prends pour des débiles ou quoi ?

— C'est vrai, j'avais oublié que tu avais fait des études de psychologie avant de devenir policier, ajouta Phil respectueusement.

— Pour moi, ça représente une aide certaine, concéda-t-elle.

— Et nous ? Notre trauma qui va nous aider à le gérer ? lui demanda Axelle.

— Le mieux - pour cela - sera d'être accompagné par un psy.

— Oh moi les psy et leurs beaux discours, grommela Xavier toujours aussi caustique, très peu pour moi !

Olivia soupira mais ne répondit pas.

— Je vais prendre des notes, prévint-elle. Elle s'isola à sa place et s'immergea dans ses écrits. Elle se sentait seule. Vraiment seule.

Axelle se rapprocha de Phil et lui demanda par-dessus l'épaule :

— Parle-moi de Simon. Il avait l'air si beau, si jeune, si innocent. Cela me donnera un peu moins l'impression de l'abandonner.

— Que veux-tu savoir ?

— Qui il était. Je voudrai essayer de comprendre ce qui aurait pu motiver quelqu'un à le tuer par exemple, émit-elle d'un ton acerbe.

— Je ne vois pas… Simon a fait partie très tôt de notre bande. Il devait avoir dix ans quand j'ai fait sa connaissance. Ses parents venaient de divorcer. Son père possédait des vignobles dans le Bordelais. Un sacré coureur de jupons à ce qu'il parait. Sa mère n'a pas supporté et comme elle était originaire de la région dauphinoise elle a trouvé normal de revenir s'y installer. Elle ne s'est jamais remariée. Il est resté fils unique. Je l'ai toujours trouvé sensible, fin, délicat. Facile à vivre, toujours entouré d'amis… Apprécié de nous tous. Nous l'avons un peu perdu de vue quand il a fait les beaux arts et archi à Paris. Mais comme c'était quelqu'un de fidèle, il ne ratait jamais une occasion de nous revoir.

— L'artiste de la bande quoi ? résuma Axelle.

— Oui. Plutôt plus mode et plus branché que la plupart d'entre nous. Quoi te dire d'autre… ? Il s'est vite fait une place dans la décoration d'intérieur. Ça marchait bien pour lui, très bien même. Trop ? Il y a trois ans, il a acheté un vieux gîte dans la Drôme pour une bouchée de pain qu'il a transformé, lui même, en chambres d'hôtes de luxe, tenu par sa maman. Il y allait régulièrement.

— Sa maman ? releva-t-elle.

— Oui. Un lien très fort. Tu vois où je veux en venir ? lui demanda-t-il.

— Je pense mais dis toujours.

— Bien que nous n'ayons jamais abordé le sujet avec lui nous avions tous compris et accepté le fait qu'il soit homosexuel. Il savait que nous savions. Nous savions qu'il savait.

Nous n'avions pas d'état d'âme vis-à-vis de ça. Nous l'aimions pour ce qu'il était. C'était vraiment quelqu'un de formidablement attachant, d'une grande élégance, plein d'humour, avec une vraie générosité, déclara Phil ne pouvant s'empêcher de manifester son émotion.

— Dommage pour lui et… pour moi j'aurai aimé le connaître, murmura Axelle.

— J'ai cru deviner qu'il vivait une grande histoire depuis quelques années, continua Phil. Quelqu'un sur Paris apparemment. Il avait l'air très heureux. J'attendais qu'il m'en parle. Je pense qu'il en avait envie et attendait une occasion comme celle-là pour nous le présenter. Peut-être même avait-il l'intention de nous en parler au cours de ce rallye. Qui sait ? observa-t-il.

*
* *

Comme convenu, à la sortie des petits Goulets ils trouvèrent leur relais en la personne d'Edouard Vaillant. Dont le physique correspondait bien aux représentations qu'on peut se faire habituellement d'un intellectuel.

Il avait un visage intelligent, ni beau ni laid surmonté de lunettes ovales, les cheveux coiffés en arrière. On l'imaginait facilement perdu dans ses pensées. C'est d'ailleurs là qu'il passait le plus clair de son temps. Au demeurant quelqu'un de très sympathique. Le chouchou de ces dames qui avaient tendance à le materner. Genre de héros lunaire à qui il ne pouvait arriver que des mésaventures... D'ailleurs Céline dés qu'elle l'aperçut parut soulagée :

— Ouf ! Notre Edouard est vivant

— Edouard ? demanda Axelle à Phil.

— Edouard Vaillant. Super sympa, tu verras. Souvent dans la lune, le vrai intello. Prof de lettres à la fac, lui glissa Phil à l'oreille, en garant la voiture sur le terre-plein.

Olivia fonça sur lui et, sans lui laisser le temps d'atterrir de sa planète, lui lança :

— Salut Edouard nous n'avons que très peu de temps, donne-nous vite l'enveloppe.

Frustré dans sa joie des retrouvailles, secoué et plutôt vexé, Edouard rétorqua :

— Et bien vous m'avez l'air bien pressés. Il n'y a pas péril en la demeure tout de même. Tiens la voilà ton enveloppe !

Olivia ne prit pas le temps de lui répondre, toute à son impératif de lecture :

Vous venez de gagner le prix de déduction... mais il y a urgence !

Ne passez pas par la case départ, n'empochez pas les 200 €, allez directement par le chemin de traverse pour rejoindre vos baraques

— Pour moi, fit Xavier, Baraques, c'est clair que ce sont les Barraques en Vercors. Il y une toute petite départementale à la sortie des Barraques en Vercors. C'est ça le chemin de traverse. Je ne vois que ça.

— On dirait bien, confirma Céline penchée par dessus son épaule, ça ne peut être que là.

A ce moment Olivia croisa le regard encore interloqué d'Edouard et prit le temps d'une explication, la voix grave :

— Excuse-moi Edouard de te brusquer comme ça. Je n'ai pas le temps de t'en expliquer les causes. Vincent va te rejoindre avec la po-li-ce. Tu m'entends ? Edouard opinait du chef, les yeux gros comme des soucoupes, l'air fasciné. La po-li-ce Edouard ! Attends-les, ici même, ils t'expliqueront tout. Dis-leur bien que nous allons sur la départementale à la sortie des Barraques. Tu m'entends ? Tu as bien retenu ? Edouard opina du chef à nouveau.

— C'est grave ? fit-il l'air inquiet.

— Plus que ça ! Nous sommes pris en otage, piégés par un fou furieux. Ne m'en veux pas, tu comprendras plus tard…, dit-elle en se sauvant. Mais rassure-toi, toi tu ne risques rien.

A qui le tour, songea-t-elle tandis qu'ils retournaient vers les Barraques. Marc, Bertrand, Simon, trois des quatre membres du comité de pilotage, cités par Céline, venaient de se faire rétamer. Normalement dans la suite logique de l'assassin, François devrait être la prochaine victime. Tout le comité de pilotage. S'il l'est, il y a de fortes chances que Sébastien soit vivant. Oui mais alors ça le placerait en tête de liste des suspects. Un des seuls à connaître la raison de ce rallye. Se pourrait-il qu'il en soit l'instigateur ? En tout cas, un des suspects possibles... A défaut de plausible, songea-t-elle.

Puis, elle annonça au groupe de plus en plus silencieux :

— Premier objectif : filer à notre rendez-vous. Vous vous doutez de ce qui nous y attend ? Second objectif : les Barraques en Vercors d'où je téléphonerai à la police. Histoire de vérifier qu'elle est au courant de notre histoire et sur nos traces. Bientôt 14 heures ! C'est fou... Vous pourrez si vous en éprouvez le besoin vous acheter de quoi boire et grignoter. Vous avez des mines à faire peur. Il faut tenir !

*

* *

Cramponnée au téléphone de la cabine publique des Barraques en Vercors, Olivia tremblait de fatigue et d'émotion. Elle avait la nausée.

— Commissaire Bonnard au téléphone, lui répondit celui-ci, au bout du fil, d'une voix glaciale. C'est quoi ce « binz » ? Vous vous foutez de nous ou quoi ? ça fait des heures que nous rongeons notre frein. Et en plus, il paraît que j'ai affaire à un confrère ?

— Je suis effectivement le commissaire Feuillates de Meyrantes de la brigade criminelle de Paris.

— Vous jouiez à quoi Feuillates ? Aux gendarmes et aux voleurs ? lui renvoya Bonnard toujours aussi glacial.

— J'aurai voulu vous y voir Bonnard ! J'ai fait pour le mieux dans le contexte où je me trouvais c'est à dire en pleine nature, sans portable et prisonnière d'une course contre la montre montée de toutes pièces par un psychopathe ! La critique est facile quand on n'est pas confronté à un tel choc émotionnel et bien tranquillement installé derrière son bureau, explosa Olivia, étonnée elle-même de sa propre violence. J'attends autre chose de vous, continua-t-elle, que ce genre de réflexions. Alors que je suis en train de perdre mes amis d'enfance au fur et à mesure que j'avance. Et que je viens d'en découvrir encore un autre, aux Barraques... Mort empoisonné, le quatrième !! Vous ne trouvez pas que le moment est mal choisi ? Je suis à cran. J'ai les nerfs en pelote, envie de vomir, exprima-t-elle des larmes dans la voix, aussi épargnez-moi vos commentaires. J'aurais bien voulu vous y voir.

Vous auriez fait quoi de plus, je vous le demande un peu ?

— C'est bon, lui manifesta Bonnard d'une voix radoucie. Toute la police du département est sur les dents. C'était une trop grosse affaire pour Romans. Pas assez de personnel. Ils nous ont appelé à la rescousse.

— Vous êtes basé à Valence ? lui demanda Olivia.

— Oui et sur la route, en train de vous rejoindre. Le standard m'a passé votre appel. Je vous parle de ma voiture. Mon collègue de Romans, l'inspecteur Dulac, me tient au courant au fur et à mesure de ses avancées. Il n'avait plus assez d'hommes disponibles, à partir du deuxième site. Là, une équipe de chez nous vient d'arriver sur le troisième, commenta-t-il.

— Donc des hommes du commissariat de Romans sont sur les sites de Chabotte et du Pas de l'âne et une de vos équipes vient d'arriver aux Grands Goulets ? C'est bien ça, résuma Olivia.

— Exact, lui confirma Bonnard. Et à partir de maintenant c'est moi qui reprends l'affaire.

— Et bien, vous pouvez envoyez, dès maintenant, une autre de vos équipes aux Barraques en Vercors. Nous venons d'y retrouver François Vergniaud, mort dans sa voiture... C'était le dernier membre du comité de pilotage du rallye. Le coin de sa bouche, souillé de café, nous laisse penser à un empoisonnement. J'imagine que vous avez été plus ou moins mis au courant du *scénario* suivi par le meurtrier ? ajouta-t-elle.

— Oui dans ses grandes lignes. Je n'ai pas le souvenir d'avoir vécu quelque chose d'analogue en 30 ans de carrière lui confia-t-il. A part le suicide collectif du temple solaire en 96 dans le Vercors, mais ça c'est une autre histoire…

Encore un vieux de la vieille, songea Olivia, c'est bien ma veine. Un de ceux à qui on ne la fait pas !

— Votre équipe trouvera la voiture de François Vergniaud la quatrième victime, départementale 108 derrière une petite maison en ruine tout de suite à gauche en sortant des Barraques, le prévint Olivia. De mon côté, je me dirige maintenant vers le lieu-dit la Jarjatte d'où part le GR qui rejoint le col des Maupas. C'est au démarrage de ce chemin de Grande Randonnée qu'a lieu notre prochain rendez-vous. Nous pensons y retrouver Sébastien Merval le fiancé de Céline Laborderie, l'une de mes co-équipières. Et selon toutes vraisemblances vivant… A notre grand soulagement ! ajouta-t-elle.

— Comment pouvez-vous en être sûr ? lui demanda Bonnard.

— L'assassin n'a pris pour cible que les membres du comité de pilotage de ce rallye. Il a épargné les autres. Il a fait en sorte de placer sur notre route alternativement un mort, membre du comité de pilotage et un vivant, intervenant extérieur. Maintenant qu'il a tué tous les membres du comité, nous sommes sûrs de retrouver Sébastien vivant. Ce qui le place d'ailleurs en tête de liste des suspects, mais ça je ne l'ai évidemment pas dit à sa fiancée. Chaque chose en son temps, ce sera votre rôle ! fit-elle.

— Ok, attendez-nous sur place. Nous vous rejoignons à la Jarjatte. D'ici une trentaine de minutes !

*

* *

— Nous pouvons y aller, les prévint Olivia de retour auprès d'eux. La police de Valence nous rejoint à la Jarjatte. Démarre Phil.

— Pourquoi la police de Valence ? s'enquit Axelle.

— Parce que c'est le commissariat principal du département. Attendez vous à être bombardé de questions, les avertit Olivia.

— J'ai rien à leur dire, fit Xavier retrouvant son naturel bougon, j'en sais rien moi qui a tué... Si je trouve le salaud…

— Je sais, tu nous l'a déjà dit, l'interrompit Olivia agacée. Mais il va te falloir quand même faire un effort. La police a besoin de chacun de nos témoignages. Nous n'y échapperons pas. Des détails apparemment insignifiants peuvent devenir des pistes.

— C'est quoi la suite ? s'enquit Phil.

— D'abord il nous faut retrouver Sébastien. En savoir plus. Peut-être a-t-il eu plus de relations avec les membres du comité d'organisation, que nous ne l'imaginons ? déclara-t-elle.

— Dis tout de suite que c'est lui l'assassin, lui lança Céline furieuse.

— Je ne dis pas cela. Ce qui est sûr, c'est que le commissaire Bonnard chargé de l'enquête va vouloir nous interroger tous. Nous devons nous tenir à sa disposition en tant que témoins principaux et suivre ses directives. Il prend le relais maintenant.

Heureusement, songea-t-elle, parce que moi je sens que je vais disjoncter.

Phil jeta un coup d'œil à la carte, tout en conduisant, et constata qu'ils étaient à une distance d'à peine 3 kms du prochain lieu de rendez-vous.

— Je vous le disais. L'assassin a fini de nous balader. On approche du but. C'est fini Céline, rassure-toi, tu vas bientôt pouvoir le retrouver ton Sébastien.

— J'ai hâte, fit Céline en frissonnant. Il est temps que ce cauchemar se termine. Complètement indélébile comme tatouage de la mémoire. Je suis marquée à vie ! Tu parles d'un programme de fiançailles !

— On y est, dit Phil en arrêtant son véhicule. Et voilà sa voiture, il s'agit maintenant de retrouver Sébastien. J'espère qu'il n'est pas planqué trop loin.

— Le message disait, énonça Xavier... *derrière le chêne, Gr montre le chemin au plus grand.* Voilà l'endroit, tu vois, ça doit être cet immense chêne là-bas, indiqua-t-il en le montrant du doigt.

Ils se mirent à courir. Phil arriva le premier suivi d'Olivia, puis des autres.

Et c'est dans une atmosphère de paix bucolique qu'ils le trouvèrent..., assis à même le sol, adossé au chêne, la tête renversée en arrière, une fleur coincée derrière l'oreille gauche, la bouche entrouverte, les yeux clos.

— C'est pas croyable ça..., il dort ! fit Céline stupéfaite laissant, malgré-elle, échapper un rire de gorge. Ça alors c'est un comble ! Quand je pense au sang d'encre que je me suis fait à son sujet depuis des heures..., pendant que Monsieur en profitait pour se la couler douce. Toujours aussi décontracté à ce que je vois... Sébastien mon chéri, réveille-toi ! lui intima-t-elle en s'approchant pour le réveiller.

— Non ! Ne le touche pas Céline, lui murmura Phil doucement en la retenant par le bras et en la ramenant vers lui. Il ne dort pas. Il est mort. Et depuis plusieurs heures...

Bonnard avait rejoint la Jarjatte. Il secouait la tête, l'air incrédule face au cadavre de Sébastien.

— Faut vraiment être barge, je vous jure, pour s'amuser à des trucs pareils, déclara Bonnard à l'intention d'Olivia. Une idée, Feuillates à me soumettre ?

— Aucune et je n'ai même pas l'once d'une intuition. Il faut dire que je suis à bout Bonnard, proche de disjoncter tant l'émotionnel a fini par prendre le pas sur le rationnel.

Fichtre, sacré petit bout de femme, songea Bonnard, elle a l'air sacrément intelligent et bougrement sexy malgré ses airs de petit mec.

— Une idée de la suite du parcours ? lui demanda-t-il.

— Non aucune. Je n'ai pas eu le temps de m'en préoccuper. Nous avons été débordés. Axelle Tregrois, la fiancée de Philippe, est tombée dans les pommes. Je m'en suis chargée pendant que Philippe qui est médecin prenait en charge Céline, la fiancée de Sébastien le dernier mort que vous venez de voir. La pauvre a complètement disjoncté, elle a commencé à délirer, s'est débattue tout en hurlant à la mort avant de s'effondrer comme une poupée de chiffon. Je dois vous avouer que moi-même, je ne me sens pas très brillante. Je suis contente que vous soyez là pour prendre le relais. Je ne me sens, dans l'instant, plus du tout opérationnelle... Si vous voulez connaître le prochain point de ralliement, commissaire, il vous faut fouiller la poche droite du mort, vous y trouverez certainement un message mais je vous préviens, vous aurez besoin de l'aide de Xavier Moreau Ponti pour le déchiffrer.

— Voyons un peu, dit-il en revenant tout en déchiffrant le message, ma foi ça m'a l'air tout à fait clair, écoutez plutôt :

C'est fini, bravo ! Vous méritez tous...
De vous retrouver au Domaine des Blâches
Route des Corjets à Rencurel
Où vous attendent, pour d'autres réjouis-
sances
Une coupe de champagne à la main, Lor-
raine et Romain Lalenchère

— Bon ! fit Bonnard on dirait bien la fin du parcours meurtrier. Du moins de sa partie rallye. Je crois que le mieux est de nous rendre sur place. Ça me facilitera la tâche pour commencer mes interrogatoires. Je veux rapidement pouvoir mettre des noms sur des visages. Savoir à qui j'ai affaire. Et puis j'aurai tout le monde sous la main... Plus facile pour se faire une idée des uns et des autres. Je donne juste quelques instructions à mes hommes, avant d'y aller. Et j'appelle le commissaire Dulac qu'il rabatte son monde là-bas également.

Il a l'air efficace et solide, j'en avais bien besoin, se dit Olivia, les yeux fixés sur le commissaire Bonnard. La cinquantaine bonhomme, ce dernier avait le cheveu plutôt blanc pour son âge. Il portait la moustache. De même couleur que ses cheveux c'est à dire très blanche. Celle-ci contrastait franchement avec son visage plutôt sanguin. Des yeux, bleu acier, derrière ses verres sans monture pouvaient, elle n'en doutait pas, lui conférer un air dur, impressionnant. Mais pour le moment l'ensemble dégageait plutôt l'efficacité.

— Je vous demanderai Feuillates de bien vouloir m'accompagner. Cela nous fera gagner du temps. Vous me mettrez au courant des événements. En les ordonnant de la façon dont vous les avez vécus, dont ils se sont passés. Cela me permettra de commencer à donner un semblant de structure à cette histoire ! En voiture, fit-il à l'assemblée.

*
* *

— Que pouvez-vous me dire Feuillates sur ces deux dernières recrues : Romain et Lorraine Lalenchère ? Et sur le domaine des Blâches ? lui demanda le commissaire Bonnard.

— Que vous en dire… ? Je les connais depuis toujours. Eux-mêmes sont des amis d'enfance. Ils ne se sont jamais quittés. Ils se sont mariés, il y a de cela dix ans. Je ne leur connais aucun problème particulier..., à part celui de ne pas réussir à avoir d'enfants. Ce sont des gens heureux ! Ils ont hérité des Blâches, le domaine de leurs grands parents, à la mort de ces derniers. C'est une très vieille ferme auberge située à Rencurel. Ils l'ont, peu à peu, transformé et retapé en résidence secondaire. C'est le lieu idéal pour y organiser des fêtes car il y a une superbe salle de réception, une cuisine vraiment conviviale, une salle de billard. Les chambres sont restées sur le modèle hôtelier, c'est à dire que chacune a sa salle de bain. Il y en avait une douzaine d'exploitables à l'époque. Dommage que je les revois dans ces conditions, soupira Olivia.

Au bout d'un moment Bonnard qui l'écoutait attentivement l'interrompit :

— Avant d'arriver aux Blâches, j'aimerais avoir à chaud vos sentiments sur ce drame.

— Si vous voulez, fit Olivia l'air de plus en plus concentré.

Cela faisait plus de dix minutes qu'ils parlaient. Bonnard prenait note pendant qu'Olivia lui racontait la chronologie des événements. Succincte, précise, sous ses mots l'histoire prenait forme, pour elle aussi d'ailleurs. Elle commençait à mettre en lumière et en lien des aspects qui sur le moment l'avaient troublés et qui à la lumière des évènements prenaient sens.

— Premier point : ce qui me paraît le plus évident, fit-elle c'est que l'objectif du ou des assassins n'est pas de camoufler les crimes mais bien de les mettre en scène, de les révéler au grand jour.

— Pour une certitude, c'en est une, railla-t-il, c'est le moins qu'on puisse dire !

Mais Olivia continua sur sa lancée sans se laisser perturber.

— Second point : le choix du Vercors comme cadre de ces crimes ne me paraît pas neutre non plus. Pourquoi un tel lieu, lieu de mémoire s'il en est ? Cela permet d'avancer l'hypothèse qu'il pourrait s'agir d'un rallye du *souvenir*. Mais de quel *souvenir* ?

— Vous pensez à un souvenir lié au Vercors ? proposa Bonnard intéressé.

— Non... Pas forcément, répondit-elle, plutôt à un cadre qui donne une certaine solennité à la chose...

Elle fit une pause puis reprit :

— Troisième point : j'ai la conviction qu'il s'agit là d'une vengeance à notre encontre, d'une punition collective. Sinon, pourquoi une telle mise en scène morbide ? Et pourquoi cette course contre la montre - perdue d'avance - nous laissant croire à la survie possible de nos amis pour mieux nous en culpabiliser par la suite ? demanda-t-elle.

— Vengeance collective, acquiesça-t-il en le notant, on peut le penser effectivement.

— Quatrième point : la minutie avec laquelle cette histoire a été préparée. A coup sûr de longue date et de façon parfaitement anonyme : pour le moment personne n'est en mesure de *prouver* qui l'a contacté. Mystère et anonymat sont les maîtres mots de sa mise en place. Que ce soit au café des Aliziers... Le contact s'est passé par lettre et a été financé pour sécuriser le service rendu. Que ce soit pour les différentes personnes relais... Elles aussi contactées par lettre avec demande de confirmation de leur participation par boîte postale. Que ce soit pour notre équipage - auto-formé par nos soins sur simple invitation anonyme - à la lecture réciproque de nos noms utilisés comme label de qualité. Que ce soit pour Céline Laborderie, pourtant indiscutablement concernée, à peine au courant et ne faisant que rapporter les propos de Sébastien. Lui-même soumis au mystère et le respectant. N'eut été sa fin, cela le plaçait en tête de liste des suspects.

— On n'est pas dans la merde ! Plus personne ne peut parler, s'exclama Bonnard en soufflant bruyamment.

— Cinquième point : le trompe-l'œil. Un projet qui en camoufle un autre. Le prétexte de ce rallye, à savoir les fiançailles de Céline et de Sébastien, a servi de paravent à quelqu'un. Mais qui est à l'origine de la volonté de mystère de ce rallye ? La bande des quatre du comité de pilotage ? Ou quelqu'un en amont ? Qui manipule qui ? Tous ont cru participer à une certaine aventure mais le mystère les a engloutis. Ils l'ont payé au prix fort : le prix de leur vie ! constata-t-elle amère.

— Et le mystère s'épaissit je vous le confirme, fit Bonnard dépassé, on tourne en rond, j'en ai plein la tête.

— Sixième point : la crédibilité de l'assassin. Celui-ci devait suffisamment nous appâter pour nous embarquer dans cette course poursuite. Impossible de nous offrir un cadavre déjà froid. Nous n'aurions pas adhéré, du moins pas de cette façon là. Un seul moyen s'offrait à lui : tuer sa première victime, Marc en l'occurrence, quasiment sous notre nez afin de nous faire croire en nos chances de succès de sauver les suivants. Ce que je ne comprends pas c'est ce besoin de nous faire découvrir les cadavres les uns après les autres ? s'interrogea-t-elle.

— Pour mieux distiller le malheur à compte goutte, lui suggéra Bonnard.

— Peut-être, mais il prenait un risque. Comment pouvait-il être sûr que nous arriverions à décoder chaque énigme ? A pouvoir poursuivre ? A ne pas lâcher l'affaire en cours de route ? lui demanda Olivia.

— Par le choix de l'équipage. Un spécialiste du Vercors pour le décodage. Un médecin pour soigner les vivants et vérifier les morts. Un commissaire pour stimuler et rassembler ses troupes, ironisa gentiment Bonnard.

— Redoutable de perversité, s'exclama Olivia rouge de confusion. Il s'est bien servi de nous !

— D'autant plus, ajouta-t-il, et c'est un sujet que nous n'avons pas encore abordé : vous étiez le seul équipage concerné. On en est sûr maintenant. Mes hommes restés sur place l'ont confirmé. Personne d'autre ne s'est présenté. Il n'y pas eu d'autre équipage que le vôtre. Ce rallye a été monté de toutes pièces pour vous. Et uniquement pour vous. Ce qui m'amène à la question : Pourquoi vous ?

— Si je le savais !... soupira Olivia avant de continuer,

— Enfin septième point : quelle signification accorder aux différentes méthodes employées pour donner la mort ? Deux victimes ont eu le crâne fracassé à coups de pierre dont l'une d'entre-elles a eu la tête enveloppée d'un sac plastique. Les trois autres ont été empoisonnées. Pourquoi cela ? Une mise en scène ? La possibilité d'assassins différents ? C'est un mystère, ça me chiffonne. Je trouve que ça ne cadre pas avec la minutie de l'organisation…

A moins, n'ajouta-t-elle, que cela ne nous confirme le fait, comme dit tout à l'heure, que l'assassin ne se soit trouvé en situation d'urgence par rapport à notre venue. Il lui fallait tuer vite. Ensuite, au fur et à mesure du jeu, en gagnant du temps sur nous il gagnait en confort pour tuer...

— Regardons sur le plan le parcours effectué par l'assassin, proposa Bonnard.

— Excellente idée, je n'ai pas eu le temps de le visualiser.

— Donc le premier meurtre s'est passé aux Chabottes, le second au Pas de l'Ane, soit une distance de 8 kms entre les deux, le troisième a eu lieu à la Vernaison distant de 3 kms, le quatrième aux Barraques distant d'1 km, le cinquième à la Jarjatte distant également d'1 km, résuma Bonnard tout en traçant au crayon gras le parcours meurtrier sur sa carte d'état major plastifié. Ça nous fait un périmètre de... 13 kms à peine, soit environ treize minutes pour les parcourir. Maintenant si on évalue à, disons, dix minutes le temps qu'il lui a fallu sur chaque lieu pour commettre son forfait, cela nous donne cinquante minutes pour l'ensemble de son œuvre. Autant dire qu'en une heure, grosso modo, il avait tout bouclé.

— C'est incroyable, je n'aurai jamais visualisé son trajet sur une si petite échelle. Ni sur un temps aussi court. Il faut dire que cela nous a paru tellement long. Il a vraiment bien monté son coup. Et nous pendant ce temps ? lui demanda-t-elle.

— Voyons voir… Départ la Chapelle, dit-il en hochant la tête et en marquant les différentes étapes au crayon gras. Vous avez parcouru plus de 100 kms. Soit dix fois plus que lui. Cela vous fait une heure trente, rien qu'en trajet. Sans compter le temps passé sur chaque site à trouver l'endroit et à découvrir le forfait. Vous l'estimez à combien ce temps là ?

— Entre vingt à trente minutes. Cela dépend, estima-t-elle.

— 2 h 30 pour le temps passé sur sites plus les 1 h 30 de trajet : soit un total d'environ quatre heures, précisa-t-il.

— C'est à peu près ça, lui confirma-t-elle. Nous sommes partis à 10 h 10 du café des Aliziés. Entre les 4 heures du rallye, la halte aux Barraques, le temps pris à la Jarjatte avec vous et notre trajet actuel, ça colle, il est bientôt 16 h 30.

Tiens nous arrivons aux Blâches, fit-elle, admirant une superbe bâtisse de caractère au milieu des sapins.

Et, accourant vers eux radieux, main dans la main, Lorraine et Romain Lalenchère !

Chapitre III

Retrouvailles

Domaine des Blâches
Samedi 12 Juin de 16h30 à 22h30

« ... Et de longs corbillards,
sans tambour ni musique
Défilent lentement dans mon âme ;
l'Espoir, Vaincu, pleure et
l'Angoisse atroce, despotique,
Sur mon crâne incliné plante
son drapeau noir... »
Baudelaire - les fleurs du mal

Olivia sauta de voiture et se précipita vers ses amis, suivie de près par Bonnard.

— Quelle joie de te revoir Olivia ! lui firent-ils en chœur avant de la serrer à tour de rôle dans leurs bras.

— C'est ta voiture de fonction ? Tu es en mission ? lui demanda Romain dont l'air mi-goguenard, mi-intrigué se transforma rapidement en franche inquiétude devant le cortège policier qui était en train de coloniser son domaine.

Il faut dire que les gyrophares, tels des oiseaux de mauvais augure, avaient envahi les lieux et faisaient tâche dans le paysage tranquille des Blâches.

— Je vous présente le commissaire Bonnard du commissariat de Valence. Il va tout vous expliquer, leur dit Olivia.

— Bonsoir commissaire, que nous vaut donc l'honneur de votre visite ? lui demanda courtoisement Romain pourtant visiblement mal à l'aise.

— Nous expliquer quoi ? s'exclama Loraine aux quatre cent coups et les yeux comme des soucoupes. Vous commencez à m'inquiéter !

— Je suis vraiment désolé..., lui répondit Bonnard dont le malaise était palpable. Il avait toujours été très mal à l'aise quand lui incombait la lourde tâche d'avoir à annoncer un décès à des proches. Malheureusement j'ai une très mauvaise nouvelle à vous apprendre... Il est arrivé quelque chose de grave... Cinq de vos amis viennent de trouver la mort.

— Cinq ! s'exclama Lorraine en vacillant et en s'accrochant à Romain.

— Comment ça cinq ? demanda Romain les yeux écarquillés, le souffle court penché en avant comme s'il avait pris un coup dans le ventre. Cinq ? Mon Dieu ! Quelle horreur ! C'est pas possible ! Mais comment ça ? Un accident de voiture ?

Olivia prit le relais :

— Non, *murmura*-t-elle, comme si le fait de baisser la voix pouvait en atténuer l'impact et submergée elle-même par l'horreur de ce qu'elle devait leur révéler, une série de meurtres : *ils ont été assassinés.*

— Une série de meurtres ! ânonna Romain.

— Une série de meurtres ? fit Lorraine faisant chorus.

— Marc... Bertrand... Simon... François... et Sébastien, énonça lentement Olivia.

— Oh non pas Marc, pas lui ce n'est pas possible ! s'écria Lorraine.

— Pourquoi dis-tu cela ? lui reprocha son mari en lui jetant un regard étonné. Lui ou les autres c'est tout aussi horrible.

— Oui, excusez-moi, je ne sais plus ce que je dis. C'est la surprise, c'est tellement subit, fit-elle.

Son mari lui prit le bras autant pour la soutenir que pour se soutenir lui-même.

— Une série de meurtres ? reprit Romain mais où ça ? Comment est-ce possible ?

— Nous avons retrouvé chacun d'eux assassiné sur le site relais dont il avait la charge, leur expliqua Olivia. Marc a été le premier que nous avons découvert : il avait été assommé avec une pierre, puis ensuite ça a été le tour de Bertrand que nous avons également retrouvé assommé la tête enfouie dans un sac plastique, les trois suivants Simon, François et Sébastien ont été empoisonnés, semble-t-il au cyanure. C'était ça notre rallye : une course contre la montre proposée par l'assassin. En fait, un vrai parcours du combattant dont l'enjeu, sous couvert de nous pousser à les sauver de la mort n'était en fait qu'un prétexte pour nous les dévoiler trucidés, l'un après l'autre !

— Oh mon Dieu ! s'écria Lorraine, la main crispée sur son cœur.

Olivia regarda ses deux amis soumis, à leur tour, au même stress traumatique que celui qui les avait tous fauchés. Un vrai choc frontal sans airbags pour l'amortir. Ils avaient l'air si désemparés et si ingénus. Elle eut pitié d'eux. Et pourtant il n'y avait aucun moyen ni pour eux, ni pour le groupe de se soustraire à la poursuite de ces festivités macabres sous le coup du scénario machiavélique échafaudé par un esprit malade.

— Il était initialement prévu que vous nous hébergiez chez vous à l'issue du rallye... Ce que nous allons être obligés de maintenir, pour rester à la fois regroupés et à disposition de la police. Vous en sentez-vous le courage ? demanda Olivia.

— Oh je vous en prie, entrez, s'excusa Lorraine l'air consterné et en état de choc, des larmes plein les yeux.

Intéressant sa réaction vis à vis de Marc, nota Bonnard tout en se dirigeant vers la maison.

La forêt de mélèzes et de sapins dessinait le décor naturel de cette vaste et belle demeure qu'étaient les Blâches. Le corps principal de la maison, tout en longueur, était flanqué d'une tour sur son côté gauche. Elle offrait aux regards une façade de couleur rosée et un toit en ardoise. Elle n'était composée que d'un seul étage mais, vu la hauteur du toit, cela en laissait supposer un second, composé de combles.

Ils pénétrèrent dans le bâtiment par le côté droit, où se situait l'entrée. Lorraine les précédait. Elle arriva dans l'office, le commissaire Bonnard sur ses talons. Il fut impressionné par la pièce dans laquelle ils se trouvaient. Du sol au plafond les matériaux d'origine, en pierre brute, servaient de faire valoir à la couleur profonde des armoires en bois d'érable et au gris acier et noir de l'électro- ménager. Sous le plafond voûté, l'espace s'articulait de part et d'autre d'un énorme et vieux poêle à bois.

D'un côté, le coin repas était constitué d'une longue table de monastère à tiroirs, entourée de bancs, sur laquelle trônaient un magnifique bouquet ainsi que des chandeliers en argent massif. Des coupes de champagne sur un plateau finissaient de lui conférer un air festif. De l'autre côté, le coin cuisine était impressionnant avec son énorme cheminée, sa pierre à évier et le design de ses appareils.

Trois hautes fenêtres aux volets intérieurs en bois rythmaient la pièce sur toute sa longueur. Le tout sentait bon le bois ciré et la cuisine.

Petit à petit, l'immense office se remplit des différents arrivants : Olivia était suivie de Romain, venaient ensuite Xavier, Valentine, Vincent, Edouard.

La maîtresse des lieux consciente de son rôle, vaquait machinalement au service, se faisant violence pour ne pas s'effondrer. Elle ôta les coupes de champagne de leur vue, provocation trop manifeste d'une invitation au plaisir étant donné le contexte. Et leur proposa du café. Tandis que l'eau chauffait, le café commença à répandre son odeur réconfortante et ses effluves corsés se mêlèrent aux odeurs de bois ciré de l'office.

Olivia, les deux mains en corolle autour du mug de café qui lui avait été servi, buvait à petites goulées le liquide brûlant tout en observant les yeux mi-clos la manière dont chacun d'entre eux malgré la désorientation et la débandade générale semblait vouloir se retrouver en groupe et faire clan. Elle nota mentalement l'absence de Phil, d'Axelle et de Céline dans la pièce.

Le commissaire Bonnard entouré maintenant de plusieurs policiers prit la parole :

— Pour les besoins de l'enquête nous vous prierons de bien vouloir ne pas quitter les lieux jusqu'à nouvel ordre. Conformez-vous donc au programme initialement prévu qui était de passer la soirée et la nuit ici. Nous vous aviserons de la suite des événements demain.

Ce discours provoqua, plus par le ton de voix employé que par son contenu, un bougonnement de protestations sourdes.

— Quelqu'un peut me dire où sont passés Phil, Axelle et Céline ? fit Olivia inquiète de leur absence.

— J'ai proposé à Phil de monter Céline dans sa chambre, lui répondit Romain. Elle ne tenait plus debout. Axelle a voulu les accompagner. Tiens justement quand on parle du loup… Voilà Phil.

Devant l'empressement général à avoir des nouvelles de la fiancée dont le cœur venait de se briser de chagrin, Phil se passa lentement la main dans les cheveux avant de répondre.

— Céline est en état de choc. Mutique. Je n'ai pas pu en tirer un mot. Je ne suis pas sûr qu'elle ait entendu, ni même compris ce que je lui ai dit. Nous avons pris sur nous avec Axelle de l'installer dans la chambre du fond, la rose, à l'écart du bruit. Nous l'avons couchée et je lui ai fait une injection de sédatifs – un cocktail un peu costaud pour l'assoupir. C'est ce qu'il y avait de mieux à faire dans l'immédiat. Elle est, pour quelques heures, dans les bras de Morphée. Histoire de la soustraire - sur l'oreiller - à l'horreur de sa situation. Elle ne devrait pas bouger une oreille jusqu'à demain matin. Et demain est un autre jour. Par contre commissaire, il vous faudra attendre pour l'interroger...

— Puisque vous me mettez devant le fait accompli, il ne me reste plus qu'à m'incliner ! fit celui-ci. Qu'elle se remette donc de sa commotion... Mais demain elle ne pourra pas couper court à l'interrogatoire. J'ai absolument besoin de son témoignage. Et vous demanderai désormais de ne pas prendre d'autres initiatives sans m'en parler, lui intima Bonnard d'une voix glaciale.

— Ce soir je m'installe dans sa chambre ; c'est moi qui veillerai sur elle, annonça Valentine visiblement remise de sa crise d'angoisse de Choranches. Son ton vindicatif montrait clairement qu'elle comptait protéger Céline de nouvelles menaces dont le commissaire n'était pas exclu.

— Mais alors Valentine que fais-tu de ton fiancé ? lui demanda Lorraine. Ne doit-il pas nous rejoindre tout à l'heure ?

— Thomas ? Ne t'en fais pas, il comprendra. Céline est ma meilleure amie. C'est le moins que je puisse faire pour elle après ce qui lui est arrivé. Je suis tellement bouleversée. Pourquoi la punir ainsi en tuant Sébastien ? Elle ne le mérite vraiment pas. Elle commençait à peine à être heureuse. Qu'a-t-elle donc fait de si répréhensible ? Il va falloir la ménager, fit-elle de façon volontairement vindicative à l'égard du commissaire, le regard chargé de reproches.

— Ce n'est peut-être pas *elle* que l'on voulait punir, lui suggéra Romain, mais Sébastien.

— Alors explique-moi pourquoi - dans ce cas là - la mêler à toute cette horreur, à la découverte du corps de son fiancé ? C'est vraiment sadique.

— Chaque chose en son temps, les interrompit Bonnard, conscient de ce qu'il avait provoqué. Trêve de questions. Personne n'a de réponse pour l'instant. Ça va être le rôle des enquêteurs. Dans l'immédiat la priorité est de nous organiser.

— Vous avez raison commissaire, lui répondit le maître de maison. Que puis-je faire ?

— Il nous faut un bureau pour nos interrogatoires, fit Bonnard, avec un téléphone et si possible un branchement Internet. Pendant ce temps, fit-il en s'adressant au groupe, que chacun de vous prenne le temps de s'installer. Je vous verrai au fur et à mesure.

Il sortit de l'office précédé de Romain.

Olivia se tourna vers Lorraine qui - trop choquée pour conscientiser ses gestes - le corps en mode automatique, allait et venait dans l'office de façon machinale.

— Nous avons besoin de savoir comment tu as dispatchées les chambres ?

— Oui j'aimerai bien me rafraichir, fit Axelle.

— Ah oui..., bafouilla Lorraine ébranlée par le flot d'émotions ressenties. Peu importe dans un tel contexte... Pas de chichis. Vous connaissez les lieux... Je vous laisse vous débrouiller. Faites comme chez vous. Installez-vous, comme bon vous semble. De toutes façons, toutes les chambres sont prêtes...

Réalisant que la maitresse de maison était trop désemparée, Olivia lui porta secours et prit les choses en main :

— Je vous propose de monter à l'étage, de vous choisir une chambre et de vous y installer tranquillement. On se retrouve ici même pour le dîner tout à l'heure.

Elle décida de rester un moment pour épauler Lorraine qui lui semblait en avoir bien besoin.

— Oh mon dieu Hugo ! s'exclama Lorraine qui en resta clouée sur place.

— Quoi Hugo ? Quel Hugo ? lui demanda Olivia.

— Le petit ami de Simon. Il est arrivé tout à l'heure. Simon voulait nous le présenter. Il est parti se promener dans le bois derrière les Blâches. Il ne devrait pas tarder à revenir.

Il ne nous manquait plus que ça ! se dit Olivia en s'asseyant. Phil avait vu juste, songea-t-elle en se remémorant la scène où il en émettait l'hypothèse. Simon avait bel et bien eu l'intention de tomber le masque et de leur présenter son petit ami. Olivia se leva.

— Il faut mettre au courant ce pauvre Hugo. Et à part lui, qui attends-tu d'autre ?

— Les épouses de Marc et de Bertrand, répondit Lorraine en se lâchant enfin, en pleurs. Mais je ne me vois pas leur annoncer le massacre de leur conjoint respectif.

— Rassure-toi. Elles n'auront pas à venir jusqu'ici. Bonnard a envoyé des inspecteurs les prévenir à leur domicile. Inutile de rajouter à leur malheur. Tu attends encore d'autres personnes ?

— Agnès, la femme de Vincent. J'avais pour mission de la prévenir du lieu de rendez-vous à partir de 16 heures seulement. Ce que j'ai fait tout à l'heure. Elle passait la journée avec des amies et m'a dit qu'elle se mettrait en route vers 17 heures. Elle ne devrait pas tarder... J'attends également Thomas, mais ça tu le sais. Il avait promis à Valentine de nous rejoindre vers les 20 heures. C'est tout. Maintenant il faut que je parte à la rencontre d'Hugo. J'ai peur de sa réaction, avoua Lorraine en se tordant les mains d'angoisse. Je me sentirai mieux si tu m'accompagnais. Je préfère lui annoncer la nouvelle en dehors des autres.

— OK ! je viens avec toi, acquiesça Olivia en lui emboîtant le pas.

*

* *

— Alors Dulac où en êtes-vous ? demanda Bonnard à son confrère de Romans qui venait de le rejoindre dans le bureau réquisitionné pour les entretiens. Vos hommes ont-ils réussi à glaner quelques renseignements ?

— Non, chou blanc sur toute la ligne. Rien ! Pas même ça, fit celui-ci en se faisant claquer l'ongle du pouce sous les incisives. Personne n'a rien vu, rien entendu.

— Rien ? Et l'équipe technique ?

— La récolte s'est résumée à un thermos et un gobelet. Et, bien sûr, le relevé des traces de passage en veux-tu, en voilà, laissées par les membres de l'équipage. Ce qui ne facilite pas le travail. Nous avons envoyé les maigres indices récoltés au labo. Quand aux cadavres ils ont été rapatriés à l'institut médico-légal de Valence. La procédure judiciaire est ouverte. Le juge Bonneuil a été saisi du dossier. Les médecins légistes n'attendent plus que les permis d'autopsie. Et comme convenu, j'ai envoyé deux de mes hommes prévenir les familles concernées dit Dulac.

— Et sur les victimes ? fit Bonnard. Rien trouvé ?

— Il semble que rien n'ait été touché. Apparemment tout était là : leurs papiers d'identité, leurs portefeuilles avec carte bancaire, espèces... Rien n'avait été pris. Ah ! si pourtant, dans la poche de la dernière victime, le dénommé Sébastien Merval on a trouvé un petit pochon en tissu qui contenait une bague. Une sacrée bagouse ! Vraie ? Fausse ? Je parie pour une fausse car faut avoir sacrément de moyens pour s'offrir un caillou de cette taille. Bizarre quand même d'avoir ça au fond de sa poche non ? Surtout si on participe à un rallye ? Une blague peut être ?

— Non normal, lui expliqua Bonnard. Il devait l'offrir à sa fiancée ce soir même.

— C'est moche ça, fit Dulac en secouant la tête d'un air navré. De mon côté je n'ai rien d'autre à vous signaler.

— C'est quand même un comble cette histoire ! s'insurgea Bonnard. Un incontestable travail de pro. Et pourtant j'y mettrai ma main au feu qu'il n'en est rien et que le cerveau de cette histoire fait partie de la bande. Un petit malin qui a tout cogité.

— C'est votre théorie ? demanda Dulac incrédule.

— J'en suis sûr. L'assassin les connaît, c'est indéniable, affirma Bonnard. L'invitation, le rallye tout le prouve. Il a concocté toute cette histoire pour les stigmatiser à vie.

— Dites donc, si vous dites vrai, faut quand même être sacrément remonté pour tuer cinq potes d'un coup. Ce ne sont pas des mouches tout de même ! Moi, je pencherai plutôt pour l'œuvre d'un barge...

— L'un n'exclue pas l'autre Dulac, l'interrompit Bonnard.

— Et vous pensez qu'il crèche où actuellement ce cerveau ?

— Ici même, fit Bonnard. J'en mets ma main au feu. Il y a une logique derrière ce processus scénographique, je suis convaincu qu'il se trouve ici même pour mater tout ce qui se passe.

— Faut être sacrément culotté tout de même ! Alors du coup, votre tactique...

— ... Va être pour cette nuit de laisser en place deux de mes hommes, Granger et Marcousi, conclut Bonnard. Ils vont monter la garde à tour de rôle. Ça suffit comme ça, l'hécatombe. Vous allez pouvoir regagner vos quartiers Dulac.

— Vous ne craignez pas un *remake* possible du rallye, cette nuit ?

— Non, lui soutint Bonnard d'un air assuré. Je suis prêt à parier que l'assassin a fini son œuvre, qu'il la savoure. Il ne se risquera pas à sortir à découvert. Ça n'a pas l'air dans son style : tout est trop élaboré. Et la permanence assurée par mes hommes devrait grandement contribuer à calmer tout ce petit monde là.

— Dites-moi, avez-vous déjà quelqu'un en ligne de mire, s'enquit Dulac ?

— Non pas encore, lui répondit Bonnard, disons que je suis plutôt... surpris par certaines réactions. Notamment par celle de notre hôtesse. J'ai trouvé son attitude très bizarre à l'énoncé du nom des victimes ou plutôt pour être exact, à l'énoncé de celui de Marc Bazenage. Comme si elle ne s'attendait *vraiment pas* à sa mort.

— Effectivement c'est bizarre. Et quoi d'autre ?

— Il y a également eu la réaction très agressive de Valentine Deschamps à mon égard. Ça m'a paru louche. Je l'ai senti coupable de quelque chose. Qu'a-t-elle donc à se reprocher vis à vis de Céline Laborderie pour la protéger de moi comme elle le fait ?

— C'est sûr, ça pose question. Et ça vous fait combien de suspects potentiels pour le moment ?

— Huit en tout. Nos hôtes Lorraine et Romain *Lalenchère*. Ensuite les trois points relais du rallye, ceux qui sont restés en vie, ce qui nous donne dans l'ordre : Vincent Delebarre, Valentine Deschamps et Edouard Vaillant, vérifia Bonnard en consultant ses notes.

— Et pour les deux premiers, leurs conjoints respectifs qui doivent venir nous rejoindre : Agnès Valençay et le petit ami de Valentine un certain Thomas.

— Ça ne fait que sept, remarqua Dulac.

— Non il nous reste un certain *Hugo Mahet.* Le petit ami de Simon Le Doledec, notre troisième victime. Il nous arrive, comme par hasard, tout droit de Paris. Ça nous fait donc bien huit suspects en tout. D'ailleurs je vais commencer mon premier entretien par lui. Pour la mise en bouche... Amenez le moi Dulac avant de partir. Que je vois ce qu'il a dans le bide celui là...

*

* *

Olivia reprit son sac de voyage resté tristement en rade dans le hall. Elle n'aspirait plus qu'à une chose souffler un coup et ressentait l'envie urgente de se retrouver enfin seule dans sa chambre. Ce pauvre Hugo, songea-t-elle. Quelle dignité dans la douleur. Quand je pense à toutes les idées reçues sur les homos... Je comprends mieux pourquoi Simon dégageait un tel bien-être depuis sa rencontre avec cet homme-là.

Alors qu'elle grimpait à l'étage, elle vit Vincent descendre à sa rencontre. Aussitôt les images de leurs retrouvailles à Vassieux en Vercors après le premier meurtre envahirent son esprit. Telle une bande annonce syncopée, le film se déroulait à toute allure dans sa tête. La façon dont Vincent transpirait. Pourquoi avait-il le visage couvert de sueur ? Etait-ce l'effet de l'annonce du meurtre ? Les attendait-il aussi tranquillement qu'il l'avait laissé entendre ? Depuis combien de temps était-il là ? D'où venait-il réellement ? Qu'avait-il fait avant ?

Et sa façon intempestive de féliciter Céline pour la nouvelle de ses fiançailles. Très mal venu dans ce contexte d'annonce de meurtre. Simple maladresse ? Ou témoignage d'un décalage bien réel ?

Elle mesura alors à quel point Vincent était définitivement passé dans le clan des suspects. Dans cet état de dédoublement intérieur, c'est pourtant d'un ton volontairement léger qu'elle l'aborda.

— Tiens Vincent, te voilà ! Ta compagne est déjà là ? Je ne l'ai pas vu arriver.

— Oui, Agnès est sous la douche lui répondit Vincent, un grand gaillard rouquin d'un mètre quatre vingt cinq au visage envahi de tâches de rousseur. Je viens de la briefer sommairement sur... le drame. Ça l'a bouleversée. Elle a voulu repartir aussi sec. J'ai dû la rai-

111

sonner et lui faire comprendre que c'était impossible, que nous étions tenus à rester là pour les besoins de l'enquête. Je la laisse reprendre ses esprits.

— Dans quelle chambre es-tu ? lui demanda Olivia.

— La bleue.

— Sais-tu celles qui sont inoccupées ? s'enquit-elle.

— La rouge sur le palier, je crois bien.

— Ce n'est pas vraiment celle que je préfère, objecta-t-elle, mais advienne que pourra, je m'en contenterai.

— Veux-tu que nous échangions ? lui proposa-t-il.

— Non aucune importance. Comme tu le sais - habituellement - je prends toujours la chambre jaune, une tradition... qui n'a plus lieu d'être apparemment, fit-elle un brin nostalgique tout en montant les escaliers quatre à quatre.

Elle pénétra dans la chambre tendue de toile de Jouy rouge. Celle-ci, comme d'autres donnant sur l'arrière de la maison, avait été trop modernisée à son goût. Le seul avantage qu'elle lui reconnaissait était d'avoir été dotée d'un balcon !

Elle jeta son sac sur le fauteuil et se laissa tomber à plat dos, de tout son long, sur le lit. C'est comme si on l'avait roué de coups, elle avait mal dans tout son corps : ses épaules la brulaient, son dos était douloureux, ses membres engourdis. Elle resta ainsi un long moment sans bouger. Puis, sans changer de position, prit un oreiller dans ses bras. Elle le serra contre elle comme on serre une peluche. C'est alors que les larmes commencèrent à monter et qu'elle s'autorisa enfin à pleurer. Un vrai torrent de larmes. Elle pleura un long moment à la fois de chagrin et de fatigue sans que cela l'aide à se libérer de la tension accumulée dans la journée. Elle n'arrivait pas à lâcher prise totalement. Son cerveau restait en ébullition. De manière obsessionnelle, les événements de la journée tournaient et retournaient dans son esprit, accaparant tout son champ de conscience, déclenchant une réflexion qui n'aurait de cesse – elle le savait - que par la résolution de cette affaire. Un tourbillon sans fin.

Elle repensa au dialogue amorcé avec le commissaire Bonnard. Quelque chose ne collait pas. Mais quoi ? Elle eut la sensation que son esprit butait contre une évidence qu'elle ne pouvait ou ne voulait pas voir.

Son attention fut alors attirée par la présence d'une corbeille de fruits placée là, splendide. Cela court-circuita momentanément sa rumination mentale et la libéra de la ronde infernale de ses pensées obsédantes. Elle se leva. C'est bien de Lorraine d'avoir des intentions comme celles- là, pensa-t-elle, en croquant dans une pomme qu'elle abandonna là, au bout de deux bouchées, sur un coin de la commode.

En mode réflexe, elle se dirigea vers la salle de bain pour prendre sa douche. La sensation de la chaleur de l'eau sur sa peau la revigora. Elle laissa couler l'eau, encore et encore, comme si la pression du jet pouvait la laver de toute la crasse ressentie durant la journée, elle en augmenta la chaleur jusqu'à la limite du supportable. Jusqu'à se noyer dans la sensation et en perdre la notion du temps.

Trente minutes plus tard, douchée, changée, elle descendit rejoindre les autres dans la cuisine.

*

* *

— Bonsoir commissaire.

Un homme superbe, la quarantaine distinguée, se tenait devant le commissaire Bonnard. Ses cheveux ras poivre et sel, sa barbe de trois jours à l'italienne et ses vêtements de qualité pouvaient être les témoins discrets d'un certain maniérisme.

Pour l'heure, son visage blême témoignait d'une profonde lassitude. Et d'un réel chagrin.

— Monsieur Hugo Mahet, je présume.

— C'est cela.

— Je suis au courant du drame personnel que vous traversez et conscient de votre douleur. Croyez bien que j'en suis désolé. Je vous serai gré de bien vouloir, néanmoins, répondre à quelques questions indispensables, lui dit le commissaire qui, impressionné malgré lui par la prestance de son interlocuteur, prenait des précautions oratoires.

— Oui, c'est un moment vraiment très douloureux. Nous nous étions promis Simon et moi, si l'un de nous deux venait à disparaître, de faire face et de continuer par fidélité à l'autre. Et me voilà maintenant face au mur tant redouté ! J'ai eu la chance de connaître l'amour, le vrai. Ce qui est loin d'être le cas de tout le monde. Malgré mon chagrin, commissaire, je garde un sentiment de plénitude intérieur. Simon est là. Il ne me quittera jamais, dit-il d'une voix grave et douloureuse qui contredisait l'apparente sagesse de ses paroles.

— Vous êtes donc arrivé de Paris aujourd'hui ? vérifia Bonnard.

— Oui par avion. Je suis parti à 11h30 ce matin de Paris, suis arrivé à 13 heures à l'aéroport de Grenoble. J'ai ensuite déjeuné avec un sculpteur, de mes amis. Je l'ai quitté sur le coup des 15 heures, puis suis allé me louer une voiture. J'ai atteint les Blâches tranquillement, un peu avant 16 heures. Lorraine m'a offert un café avant que je n'aille me promener en forêt…, jusqu'à ce que vous arriviez.

— Vous avez des témoins ? vérifia Bonnard tout en prenant des notes.

— Je n'ai même que ça, commissaire. L'hôtesse de l'air du vol de 11 h 30 avec qui j'ai échangé quelques mots, Gérard l'ami sculpteur en la présence de qui j'ai déjeuné ainsi que la responsable de l'agence de location de voiture à Grenoble.

— Nous contrôlerons. Quel style de vie aviez-vous à Paris ? lui demanda Bonnard.

— Je suis commissaire priseur à Drouot, Simon sévissait dans la déco d'intérieur. Je vous laisse imaginer quels étaient nos centres d'intérêt. L'art sous toutes ses coutures bien évidemment. Mais nous n'étions pas du genre mondain. Plutôt tranquilles et entourés d'amis. La déco, chiner, flâner, bouquiner étaient nos passe-temps favoris.

— Avait-il des ennemis ? vérifia Bonnard.

— Aucun à ma connaissance. Il ne m'avait jamais rien dit en ce sens. Et pourtant, semble-t-il, quelqu'un apparemment lui en voulait à mort.

— Pouvez-vous me parler de l'invitation ? lui demanda Bonnard.

— Simon a reçu une lettre à son nom signé du *comité d'organisation des anciens de la promo 94*. Il me l'a montré. Il avait l'air si heureux, se souvint Hugo, l'air abattu.

— Quand ?

— Le mois dernier vers la mi-mai commissaire.

— Et ensuite ?

— Il lui était proposé de servir de point relais sur le trajet d'un rallye, dans le Vercors. La condition : respecter quelques impératifs catégoriques à savoir garder le mystère, n'appeler personne et surtout proscrire la présence du portable, lui rapporta Hugo.

— Ça ne lui a paru bizarre ? s'enquit Bonnard.

— Non, ça l'a plutôt fait rire. « *Quel gag ! Ah les farceurs !* » n'arrêtait-il pas de dire, raconta Hugo, l'air libéré malgré lui à l'évocation de ses souvenirs.

— Et ensuite ? lui demanda Bonnard.

— La date indiquée était celle d'aujourd'hui : le samedi 12 juin à 10 heures. Son rôle devait être de réceptionner les équipages et de les orienter. A la fin de la matinée un des organisateurs viendrait le récupérer.

— Y avait il un nom de spécifié ? demanda Bonnard.

— Non aucun. S'il était d'accord pour participer, il devait en donner confirmation par boite postale.

— Il l'a fait ? demanda Bonnard.

— Oui. A l'issue de quoi il recevrait toutes les indications nécessaires pour rejoindre son poste, fit Hugo.

— Vous êtes bien en train de me dire que Simon n'était pas plus que les autres au courant de cette fête ? Mais qu'il y a été convié comme chacun de façon anonyme.

— C'est tout à fait la manière dont ça s'est passé commissaire, lui affirma Hugo.

— Rien d'autre ?

— Si, continua-t-il, y était jointe la photocopie d'une des invitations, celle envoyée à l'équipage I avec leurs noms. A leur lecture il avait l'air ravi. « *Je vais retrouver mes meilleurs amis du Dauphiné à l'occasion d'un rallye dans le Vercors* » m'a-t-il dit « *Ce sera l'occasion que j'attendais pour te présenter enfin à tout le monde* ». Il y avait aussi une enveloppe, cachetée à la cire, à ne pas ouvrir et à remettre aux participants.

Hugo fit silence.

Le commissaire le sentit ému aux larmes à l'évocation de tous ses souvenirs et respecta son silence.

— Il se faisait une telle joie de participer à ce rallye et à l'idée de me présenter à ses amis d'enfance, ajouta Hugo en se mouchant.

— Vous ne connaissiez donc aucune des personnes de ce groupe ? lui demanda Bonnard.

— Absolument aucune. Simon avait été très discret à l'endroit de notre relation par rapport à ses amis. Prudent. Vous pouvez aisément comprendre pourquoi. Ce rallye représentait pour lui l'occasion de la leur révéler, expliqua-t-il au commissaire.

— Avez vous gardé cette invitation ? lui demanda Bonnard.

— Moi non. Je pense que Simon devait l'avoir sur lui. Vous ne l'avez pas trouvé ?

— Non il n'y avait rien sur lui, répondit Bonnard.

— Vous faites votre boulot commissaire, je le comprends parfaitement, lui dit Hugo respectueusement en conclusion. Mais ne perdez pas de temps avec moi. Croyez moi je n'aurai jamais pu tuer Simon. Il était tout pour moi.

C'est bien aussi ce que je pense, songea Bonnard.

— Concentrez plutôt votre énergie sur la traque du salopard qui a fait cela. Il ne mérite vraiment pas de vivre ! conclut-il avec virulence.

— Merci Monsieur Mahet.

Hugo sortit laissant le commissaire Bonnard à ses réflexions. Le mystère gagnait encore en épaisseur. Ainsi Simon, en tant que membre du comité d'organisation, n'était apparemment pas plus au courant de ce rallye que les participants eux-mêmes. Sa participation était factice. Un trompe-l'œil. Il avait été manipulé comme les autres !

Et moi aussi du coup, je le suis ! constata-t-il très en colère…

Olivia retrouva dans la cuisine Lorraine, les yeux rougis. Elle triait méticuleusement des feuilles de salade. Geste anodin et dérisoire dans un tel contexte mais qui semblait absorber toute son attention. Les petits riens de la vie en guise de support, songea Olivia. La seule façon de se raccrocher à quelque chose pour ne pas sombrer.

— Qu'as-tu prévu pour ce soir ? lui demanda Olivia.

— De dîner ici à l'office. Enfin pour ceux qui auront faim. Parce que moi... De toutes façons tout est déjà prêt. Il y a de quoi.

Edouard et Vincent étaient là, eux aussi, tassés sur leurs chaises, inactifs, silencieux, l'ombre d'eux-mêmes.

Edouard..., songea Olivia en l'observant. Edouard un coupable potentiel ? Elle n'arrivait pas à le faire rentrer dans le clan des suspects. Edouard, le prof de fac, féru de belles lettres ? C'était quelqu'un de raffiné, d'une grande érudition, capable de brillantes analyses et plutôt décalé par rapport aux contingences matérielles. Le connaissait-elle vraiment si bien que ça d'ailleurs ? Edouard se livrait peu. Pourtant son aspect lunaire et son air doux lui valaient l'affection de toutes les femmes du groupe. Il était venu la trouver à deux ou trois reprises pour solliciter ses conseils alors qu'il était amoureux. Et elle avait été le témoin et la confidente de son chagrin quand sa petite amie l'avait quitté. Il avait mis du temps à s'en remettre et semblait désormais plutôt prudent à l'égard de la gent féminine. Il restait d'ailleurs discret quant à sa vie sentimentale.

Elle avait toujours pensé qu'il aurait mieux fait de vivre au XIXème siècle, au temps de l'amour courtois. Car il savait comme personne émailler ses phrases de poésie et de citations ce qui donnait sans conteste une allure très élaborée et d'un autre temps à son discours. Il aurait fait fureur en amoureux transi. Elle l'appréciait énormément. Sa délicatesse l'avait toujours beaucoup touchée. Elle l'observa : grand, mince les épaules voûtées par le chagrin, son corps était tout secoué de tremblements. Il était visiblement en état de choc. Non pas Edouard, décida-t-elle, il n'a pas la carrure d'un criminel ! Rien de tout cela ne cadre avec sa personnalité.

— Je n'arrive ni à concevoir, ni à admettre ce qui nous arrive, fit celui-ci. Je nage en plein brouillard. Quel sens donner à cette tragédie ? Quelqu'un peut-il m'expliquer ?

— Je suis bien incapable de te répondre, lui objecta Olivia. Je suis moi-même dans le noir le plus complet.

— C'est parfaitement injuste. Si jeunes, des projets plein la tête. Et Sébastien…, ajouta

Edouard qui fit une courte pause avant de reprendre des trémolos plein la voix, j'ai du mal à y croire, j'ai l'impression d'être plongé au cœur d'un cauchemar dont je vais me réveiller. Je ne peux me faire à l'idée que je ne reverrai plus jamais Simon, François et les autres... Je vous prie de m'excuser, dit-il en se levant et en se précipitant hors de la pièce.

— J'ai *les boules* moi aussi, dit Vincent dont la glotte n'arrêtait pas de monter et de descendre. Je crois que je vais marcher un peu. A tout à l'heure.

Elles restèrent toutes deux à travailler pendant un moment en silence.

— Qu'est ce qui lui prend à Valentine de couver Céline comme elle le fait ? demanda soudain Lorraine tout en continuant à trier sa salade. C'est tout juste si elle ne s'en est pas prise au commissaire Bonnard. On aurait dit une chatte défendant sa couvée.

— Si tu savais Lorraine..., la relation de Valentine vis à vis de Céline est bien plus compliquée qu'il n'y paraît...

— Et pourquoi donc ? ne put s'empêcher de lui demander cette dernière.

— Au point où nous en sommes je peux bien te le dire. Du plus loin que je m'en souvienne Valentine a toujours été amoureuse de Sébastien, lui confia Olivia. Elle m'en avait fait la confidence il y a de cela quelques années. Malheureusement pour elle, comme tu le sais, Seb n'a toujours eu d'yeux que pour Céline. Vois-tu, je crois que c'est pour ça que Valentine s'est entichée d'elle. Céline est devenue sa référence, un peu comme si une partie de l'aura de Céline pouvait rejaillir sur elle et combler ce qui lui fait défaut. Sauf que bien évidemment elle n'a pas l'étoffe de son modèle et qu'elle ne peut en aucune façon rivaliser avec elle. Notre Valentine serait bien plus à sa place à la tête d'une bande de boy-scouts. Mais je pense que c'est le seul moyen qu'elle ait trouvé, de cette façon à la fois indirecte et, à mon avis, tout à fait inconsciente, de s'approprier cette part de Céline qu'elle admire tant et qu'elle n'arrive pas à réaliser pour elle-même. Une forme de *narcissisation* inversée, si tu préfères. Et puis qui sait, si à la longue elle n'espérait pas s'attirer les bonnes grâces de Sébastien, fatigué des rebuffades de l'autre ?

— Dis donc elle est bien plus complexe qu'il n'y paraît notre Valentine, répliqua Lorraine choquée. Je n'aurai jamais imaginé ça d'elle…, entichée de Sébastien ? Ça alors ! Ça a dû être un rude coup pour elle l'annonce de leurs fiançailles. Tu ne trouves pas tout ça un peu glauque ?

— Je n'ai pas à la juger, répondit Olivia. A chacun ses fantasmes. C'est une grande bourgeoise ne l'oublie pas. Et elle a toujours eu beaucoup d'ambition. Au fait, sais-tu qu'elle a des prétentions politiques ? Elle veut se présenter à la députation, pourquoi pas d'ailleurs ? Je l'y vois bien... Sébastien représente un excellent parti pour quelqu'un qui rêve d'évolution sociale, de réussite politique. Quand à son intérêt pour Céline, ça peut être aussi une façon de se déculpabiliser de ses sentiments vis à vis de Seb...

— Et Thomas dans tout ça ? lui demanda Lorraine

— Elle l'aime... d'une autre façon. Ça fera un couple solide basé sur des valeurs communes, plus amicales que fondées sur la passion.

— Si le commissaire Bonnard apprend ça...

— Il le saura, ne t'inquiète pas. Bon combien serons-nous ce soir ? demanda Olivia tout en s'activant pour mettre le couvert et couper court à la discussion sur Valentine.

— Nous devions être vingt. Sept personnes en moins, lui répondit Lorraine.

— Ah oui bien sûr, sept. Où avais-je la tête ? Nous ne sommes donc plus que treize, comptabilisa Olivia.

— Bouh... Quel mauvais chiffre ! frissonna Lorraine superstitieuse.

— Oui, mais nous ne serons que douze à table puisque Céline dort, lui fit remarquer Olivia.

— Ça ne fait rien, fit Lorraine. Nous sommes treize et je n'aime pas ça. Je ne sais pas pourquoi, depuis tout à l'heure, j'ai un mauvais pressentiment. Je serai incapable de te l'expliquer Olivia, mais je le ressens. J'ai l'impression qu'il se trame encore quelque chose.

— Mais non voyons, ne sois pas superstitieuse comme ça. Nous ne courrons plus aucun risque, lui dit Olivia pour la rassurer. Nous sommes désormais sous protection de la police.

— Si tu le dis, soupira Lorraine, et maintenant quel va être la suite des événements ?

— Une enquête judiciaire va être ouverte, ça veut dire qu'un juge va se saisir de l'affaire. C'est le seul habilité à ordonner l'autopsie des corps.

— L'autopsie ? fit Lorraine en frissonnant.

— C'est indispensable tu sais. Les corps ont été descendus à l'institut médico-légal de Valence. Ils vont y subir tous les examens nécessaires à ce genre d'enquête criminelle.

— Et en attendant, fit Lorraine dont les yeux se mouillèrent à nouveau, impossible de les voir, de nous recueillir auprès d'eux ?

— Non, pas en cas de mort criminelle, lui expliqua Olivia. Il nous faudra attendre que le permis d'inhumer soit délivré par le magistrat chargé de l'enquête.

— Ça va être long ?

— Tout dépend, expliqua Olivia. Là, étant donné que c'est le week-end, plus rien ne fonctionne. Il nous faut donc attendre lundi. Ensuite tout va dépendre des examens demandés. Ça peut prendre plusieurs jours, tu sais. Après l'autopsie, le médecin expert rédigera un rapport et le remettra au magistrat qui l'a commis. Et c'est lui qui décidera du moment de la remise des corps aux familles, pour l'inhumation.

— Lorraine soupira : Ça serait bien de faire une ultime célébration commune. Histoire de se retrouver tous, une dernière fois, réunis.

— Je te propose d'en parler ce soir tous ensemble, lui conseilla Olivia en lui passant le bras autour de l'épaule.

— Je sors, fit Lorraine en quittant la pièce je vais prendre une douche. Ça va me calmer un peu, me remettre les idées en place. Treize quel chiffre de mauvais augure !

*

* *

— Valentine Deschamps. Vous vouliez me voir commissaire ? fit celle-ci en rentrant dans la pièce réquisitionnée pour les entretiens.

Les cheveux châtains, la coupe au carré, le look sport chic révélaient des origines bourgeoises assumées et revendiquées. Avec son visage ouvert et généreux, elle dégageait da-

126

vantage une allure de girl scout, à qui on au-
rait donné le Bon Dieu sans confession, que
celle d'une dangereuse criminelle, songea
Bonnard.

— Oui. Je désirais vous poser quelques questions.

— Allez-y, tout ce que vous voulez, je ne demande qu'à vous aider, fit-elle d'un air confiant.

— Depuis quand connaissiez-vous les victimes ?

— Depuis toujours. Nous fréquentions le même établissement à Voiron. Nos parents se connaissaient et étaient, pour la plupart d'entre eux, des amis. Nous étions du même milieu, toujours fourrés les uns chez les autres, passions une partie de nos vacances ensemble, ça crée des liens, commissaire.

— Je n'en doute pas, fit celui-ci. Comment avez-vous été conviée à participer à ce rallye ?

— A l'identique des autres, commissaire, lui confirma-t-elle : invitation anonyme, boite postale pour la confirmation et secret absolu.

— Aucun contact avec un quelconque organisateur avant le rallye ? demanda Bonnard.

— Absolument aucun, commissaire. Et j'ai joué le secret comme convenu auprès des participants comme il me l'avait été demandé dans l'invitation.

— Vous voulez parler de l'équipage I ? lui demanda Bonnard.

— Oui et des amis qui pouvaient être des relais potentiels, ajouta-t-elle.

— Vous ne vous êtes pas méfiée ? fit Bonnard

— De quoi ?

— De la bizarrerie de cette invitation.

— Non, j'ai plutôt pensé à un gag. Nous étions coutumiers du fait. Par contre une invitation du genre de ce rallye, c'était la première fois, reconnut-elle.

— Abordons maintenant votre relation avec Céline, fit Bonnard d'un air patelin, notamment votre comportement surprotecteur à son égard. Vous ne m'enlèverez pas de l'idée que ça cache quelque chose et j'aimerai bien savoir quoi ?

Pendant un moment Valentine eut l'air au supplice. Elle se trémoussa sur sa chaise, l'air coupable, puis se reprit.

Tiens se dit il. Touché, j'avais vu juste.

— Alors, rien à me dire ? insista-t-il.

— Rien commissaire, assura-t-elle mal à l'aise.

— Bon, bon. A vous de voir. Savez-vous, lui fit Bonnard, que d'après nos calculs, l'assassin a dû tuer toutes ses victimes en une heure de temps.

— Oui et alors ? lui fit Valentine sans comprendre.

— Alors ?... ça veut tout bonnement dire qu'étant donné que le corps de la première victime a été découvert encore chaud à 10h20, l'assassin a dû commencer sa sale besogne entre 9h45 et 10h15. Ce qui lui laissait largement le temps de tuer tout son petit monde avant de revenir s'installer sur l'un des deux derniers sites. Le vôtre, par exemple, ou encore celui de votre ami Edouard.

— Vous êtes complètement malade ! explosa Valentine, le feu aux joues. Vous n'allez tout de même pas supposer que j'ai pu tuer mes meilleurs amis.

— Je ne dis pas cela. Je mène une enquête criminelle, ne l'oubliez pas, il faut bien que quelqu'un les ait tués. Et selon toute vraisemblance quelqu'un de votre groupe.

— Ce n'est pas moi en tout cas, lui rétorqua Valentine mal à l'aise.

— Vous avez des témoins à me proposer durant la période de 9h30 à 11 heures ce matin ?

— Non.

— Ce sera tout pour l'instant, lui dit Bonnard.

Elle quitta le bureau en ayant perdu toute sa superbe.

Ah tout de même, songea-t-il ! Ras le bol de tous ces enfants de chœur. En voilà au moins une qui a encore des choses à me dire… J'entendrai le jeune Edouard demain…, se dit-il après un regard à sa montre.

— Feuillates, j'y vais, il se fait tard, lui dit Bonnard. Je vous laisse sous bonne garde. Les inspecteurs Granger et Marcousi ont consigne de veiller sur vous à tour de rôle... Mais par précaution veillez à ce que chacun ferme sa porte à double tour ce soir. On n'est jamais trop prudent.

— J'y veillerai, lui promit Olivia.

— Merci Feuillates. Je compte sur vous. Tâchez de tâter le terrain et de les pousser un peu dans leurs retranchements. J'ai besoin de vos lumières et de vos observations. Va falloir nous serrer les coudes dans cette histoire. Je vous retrouve demain matin...

— Comptez sur moi Bonnard, le rassura Olivia.

— Mais pas d'imprudence surtout. N'oubliez pas le proverbe Feuillates : Prudence est mère de sûreté ! Un assassin sévit au cœur de votre bande d'enfants de chœur !

Elle se dirigea vers la cuisine. Thomas le petit ami de Valentine venait d'arriver, et vu sa tête avait déjà été mis au courant. Debout près de la table ils étaient tous là, en petits groupes. Les douze. Elle décida de frapper fort.

— Le commissaire Bonnard vient de partir, fit-elle en se campant devant eux et en martelant ses mots d'une voix métallique. Il a laissé sur place les inspecteurs Granger et Marcousi qui auront pour mission de veiller sur nous. Il m'a, moi aussi, également chargé d'une mission. Vous *obliger* à vous *enfermer* à double tour, cette nuit, dans vos chambres respectives. Afin d'empêcher ce *salopard* de meurtrier, *présent ici parmi nous*, de sévir à nouveau avant que nous ne l'ayons démasqué !

Les mots firent leur chemin, atteignirent leur but provoquant diverses réactions en chaîne. A la façon d'un téléobjectif le regard d'Olivia filmait la scène, la mémorisait et en recueillait tous les impacts.

Elle vit Lorraine et Axelle sursauter, Valentine pâlir, Edouard tourner sa tête en tous sens comme un animal pris au piège, Vincent prendre la main d'Agnès, Phil la regarder sidéré, Hugo opiner du chef, Xavier grommeler quelque chose dans sa barbe, Romain et Thomas se figer une bouteille de vin dans chaque main.

Un silence de mort plana. Plus personne n'osait parler.

— Tu penses *réellement* que l'assassin se trouve ici parmi nous ? finit par lui demander Phil d'un air dubitatif.

— Tu as autre chose à me proposer ? lança-t-elle goguenarde, moins à l'endroit de Phil, qu'à l'assemblée qu'elle était obligée de suspecter. Une autre suggestion, peut-être ? Toute autre idée est la bienvenue, remarque. Mais, comme ça ne peut pas être le Saint Esprit... Ni la femme de Marc enceinte de six mois. A moins que ce ne soit celle de Bertrand un jumeau dans chaque main ? Où veux-tu donc qu'il soit ? Sinon ici même, parmi nous ! Mais que cela ne vous coupe pas l'appétit. Nous pouvons passer à table, Lorraine, si tu le veux bien.

— Oui, oui bien sûr, lui répondit Lorraine à cran. Installez-vous, comme bon vous semble.

— Pas de protocole ce soir.

— Quelqu'un a-t-il pensé à sustenter nos gardiens ? fit Olivia. Ils peuvent encore nous servir.

— Je m'en charge, fit le maître de maison.

Romain prépara deux assiettes de cochonnailles et sortit les porter aux inspecteurs installés dans le bureau. Olivia s'installa en bout de table, Phil à sa droite et Hugo à sa gauche. Le silence céda peu à peu la place aux chuchotis. L'atmosphère était pesante.

— Désolée de faire votre connaissance dans ce contexte, fit Olivia à Hugo en aparté.

— Si vous saviez la joie que se faisait Simon à l'idée de me présenter à vous, lui chuchota Hugo. C'est trop injuste. Pourtant croyez-le ou non, il est là ce soir, je le sens, il est avec moi, avec nous.

— Nous l'aimions tous, lui dit Phil. Puis s'adressant à Olivia l'air critique, qu'est-ce qui t'a pris de faire cette sortie ? Ne crois-tu pas que nous sommes suffisamment blessés comme ça ?

— Je le sais Phil, ça ne t'était pas adressé, se défendit-elle. L'assassin est là, je le sais. Il nous nargue. Bonnard le sait aussi. Je voulais qu'il sache que nous ne sommes pas dupes. Et ça me rend malade d'avoir ce salopard à ma table. Ainsi que d'avoir à vous soupçonner, vous mes meilleurs amis. C'est pour ça la provoc. Une tactique comme une autre.

— C'est courageux de votre part ce que vous tentez de faire, lui glissa Hugo mais attention vous avez affaire à quelqu'un d'*éminemment* dangereux. Quelqu'un de très profondément détraqué.

— Ça pour le savoir, je le sais, répliqua Olivia. Merci de vous inquiéter pour moi comme ça Hugo. Mais je n'ai pas peur. Et j'entends bien le lui montrer. Lui dire stop, ça suffit comme ça, on arrête le délire !

— Au fait Phil, es-tu passé voir Céline depuis son injection ? s'inquiéta Valentine.

— Oui, te bile pas, la rassura-t-il. Juste avant de descendre. Elle dort comme un bébé.

— Tant mieux, fit-elle. Cette nuit c'est moi qui veillerai sur elle…, je reste dans sa chambre. Te voilà redevenu célibataire pour la nuit Thomas,

— Et où m'as-tu relégué ? demanda Thomas l'air boudeur.

— Pas loin, dans la chambre parme, contiguë à la notre.

— Quelle ambiance de merde ! fit Axelle à cran. Vivement que ce cauchemar se termine. Savoir que l'assassin est l'un de nous, ça m'épouvante. Pas vous ?

Cette question invita l'angoisse, si besoin était, à venir définitivement s'installer à leur table. Elle s'imposa alors, sans faux semblant, en véritable maîtresse des lieux. Elle s'insinua entre eux. Partenaire invisible et pourtant si présente qu'elle en devenait quasiment palpable. C'est elle qui dominait la situation. Exit leur passé commun, les moments de bonheur partagés. La confiance qui s'était élaborée entre eux au fil des années venait de s'effondrer. Ils se retrouvaient tous aux confins de risques aux conséquences définitives.

Ils se sentirent en danger. Le gouffre de l'angoisse les appelait. Paroi lisse sans possibilité aucune pour se raccrocher. Le manque des autres. L'appel du vide. La mort présente. Le danger rôdant. La suspicion. C'en était trop. La peur était là torturant leurs entrailles. Et du conflit, né entre le fait de vouloir encore sauver les apparences et leurs entrailles, s'alimenta et s'amplifia leur malaise.

Lorraine avait raison. Nous sommes bien treize à table, songea Olivia.

Ce fut d'ailleurs Lorraine qui alluma la première mèche :

— Quelle angoisse ! lâcha-t-elle.

— Tu peux le dire, rajouta son mari.

— J'ai la tête qui tourne, je ne me sens pas bien, fit Axelle toute pâle.

— Je voudrai rentrer chez moi ! s'exclama Agnès.

— Je vais monter dans ma chambre, annonça Edouard. Il ne sortira, de toutes façons, rien de bon de cette soirée.

— Nous voilà désormais devenus des ennemis à cause de ce drame, souffla Vincent l'air très affecté en torturant sa serviette. C'est dur de se suspecter.

Les visages étaient fermés, tendus. Chacun observait l'autre et en était observé.

Ce flip commun obligea Phil à intervenir. Et à leur proposer des calmants. Ce que la majorité d'entre eux accepta.

— Dis-moi Phil, que de médicaments s'écria Edouard stupéfait du contenu de sa trousse. Une véritable bombe ambulante dans notre contexte. La mallette du parfait petit assassin ! Tu as intérêt à être prudent. Que ça ne tombe pas entre les mains de n'importe qui.

— C'est vrai, avoua Phil. Nous autres médecins avons toujours tout un tas d'échantillons comme tu peux le constater. L'œuvre des labos.

— Bon, ce n'est pas tout, conclut Olivia. Une fois votre calmant obtenu, l'inspecteur Marcousi raccompagnera chacun de vous dans sa chambre. Et vérifiera qu'il s'y enferme bien à double tour.

C'est ainsi qu'Hugo reçut du Xanax. Edouard du Valium. Vincent, Agnès, Axelle, Thomas et Lorraine du Bromazepam avec pour consigne de le prendre quelques instants avant de dormir...

Histoire de calmer cette angoisse atroce et despotique qui, telle une inflation galopante, avait installé ses quartiers d'été dans leurs têtes. Et chacun partit, accompagné de la promesse d'Olivia :

— Fini les mauvaises surprises ! Vous êtes en sécurité et sous bonne garde. Tâchez de dormir un peu. Demain est un autre jour...

Chapitre IV

Et passez muscade !

Domaine des Blâches
Dimanche 13 Juin de 4h20 à 18h

« ... Que ce soit dans la nuit
et dans la solitude,
Que ce soit dans la rue et dans la multitude,
Son fantôme dans l'air danse
comme un flambeau… »
Baudelaire-Les fleurs du Mal

Elle progressait… Elle le sentait. L'homme s'était accroché à la plus grande aiguille de l'horloge, celle des minutes. Mon Dieu qu'elle avait chaud. L'assassin ! Elle n'avait pas réussi à voir son visage… Il était cagoulé, vêtu de noir de la tête aux pieds. Accroché à l'aiguille, il la poussait mais dans le sens inverse du mécanisme prévu ! Il s'aidait de ses deux pieds contre la monture externe de l'horloge et progressait dans son objectif à en inverser le sens. Minute après minute l'aiguille reculait. Les efforts qu'il fournissait pour exécuter sa mission, le faisait gémir. Elle entendait ses gémissements. Et venant dont ne sait où, des appels, des bruits de pas. Il gémissait même de plus en plus fort. Elle aussi progressait, accrochée à la plus petite aiguille celle des heures, mais elle allait dans le sens des aiguilles de la montre. C'est bizarre pourquoi remonte-t-il le temps, se dit-elle, alors que moi je le descends ? Nous ne sommes pas en phase. Pourquoi agit-il ainsi ? Il se trompe de sens…, et comme pour répondre à ses attentes l'homme décrocha. Elle le vit tomber et entendit un long hurlement… Des bruits de pas, des coups.

— Commissaire Feuillates… Commissaire Feuillates, réveillez-vous, il y a un problème.

Trempée de sueur, Olivia tourna la tête sur son oreiller et regarda son réveil : 4h 38 du matin !

Elle ne rêvait plus. Les coups reprenaient de plus belle. C'était bien la voix de Marcousi. Elle se leva, enfila son jean à la hâte et ouvrit la porte. Entendit les gémissements. Blême, l'inspecteur l'attendait.

— Ça provient d'où ? lui demanda-t-elle.

— De la chambre d'Edouard Vaillant commissaire. Au début nous avons cru qu'il rêvait. Puis il a hurlé et maintenant écoutez. Effectivement des râles s'échappaient de sa chambre.

— Bon, allons-y.

— Le problème ce sont vos consignes d'hier soir commissaire. Sa porte est fermée de l'intérieur. Et il ne répond pas.

— Tant pis, enfoncez-la, dit-elle à Granger qui montait la garde devant sa porte. Et vous Marcousi allez réveiller le docteur Laval.

Granger entreprit de défoncer la porte. Au cinquième essai elle céda.

L'odeur était épouvantable et le spectacle qui s'offrit à eux les fit reculer d'un pas. La chambre était sens dessus dessous. Le lit était maculé de matières. Des vomissements verdâtres striés de sang jonchaient le plancher. Edouard, le bas du corps dénudé, gisait à même le sol dans un état convulsif. Il râlait.

Phil réveillé par l'inspecteur Marcousi et levé à la hâte comme pouvait en témoigner l'état de sa chevelure, les avait rejoint à moitié vêtu. Il eut lui aussi un mouvement de recul devant le spectacle avant de venir s'accroupir auprès d'Edouard. Dans un premier temps il essaya de lui parler, de tester un reste de conscience mais sans succès. Il fit la grimace et commença son auscultation.

— Il a le pouls filant, constata-t-il à voix haute. Il est en état de choc.

La palpation de son ventre arracha à Edouard un hurlement.

— ... Je suppute une intoxication... oui, il m'a tout l'air d'avoir été empoisonné... je dirai même que pour moi la symptomatologie semble correspondre à un empoisonnement à l'arsenic... Nous ne pouvons absolument rien pour lui ici. Il faut l'emmener d'urgence à l'hôpital. C'est quoi l'hôpital le plus proche ? demanda-t-il à Romain qui venait d'arriver, alerté lui aussi par Marcousi.

— Le CHU de Grenoble, lui répondit Romain.

— Il faut faire vite, très vite. Chaque minute compte.

— J'appelle Mr Lognes, l'ambulancier de Méaudre. Il est hyper rapide et très efficace. Il saura comment procéder. Romain partit en courant.

— L'arsenic ! Tu crois ? lui fit remarquer Olivia plutôt dubitative. Mais c'est un vieux poison. Qui emploie encore ça de nos jours ?

— En tout cas la symptomatologie semble correspondre, dit Phil tout en continuant l'examen d'Edouard, choleriforme avec des diarrhées et des vomissements de couleur verdâtre, une douleur abdominale vive, un choc cardiogénique. Si c'est le cas, il doit déjà être en insuffisance rénale et cytolyse hépatique.

Olivia observa Phil ahurie. Il s'était paré de la rhétorique de ces carabins pompeux et pédants qu'elle exécrait tant et affichait une attitude distancée et désaffectivée, faisant de leur ami commun un « objet » de démonstration scientifique. Elle comprenait et acceptait cette attitude de la part des médecins légistes qu'elle côtoyait, confrontés quotidiennement aux cadavres, mais là, vis à vis d'Edouard, elle ne le supporta pas. Elle vit rouge.

— A quoi tu joues ? Tu fais un cours ou quoi Phil ? Epargne-moi ton jargon. En termes clairs, ça veut dire quoi ?

— Oh pardon Olivia, je suis tellement à cran ! Et comme c'est la première fois que j'y suis confronté je me remémorais les signes cliniques à voix haute. Ça veut dire un tableau des plus sombres. Il est en état de choc, a un ventre en défense, le rein doit déjà être atteint, son foie est en train de se détruire. Ce que je veux dire c'est qu'il y a urgence... il y va de sa vie et je t'avoue que je suis bien pessimiste. Si c'est bien de l'arsenic comme je le présume, compte tenu de ses symptômes il a dû en consommer une sacrée dose. C'est une saloperie de poison... Idéal pour une vengeance, déclara

141

Phil, l'air sombre. Non seulement il est indécelable au goût mais, en plus, tu peux être sûr que l'autre va prendre le temps de mourir dans d'atroces souffrances.

— Monsieur Lognes arrive d'ici quelques minutes, leur annonça Romain de retour dans la pièce.

— Je file m'habiller, les prévint Phil, je l'accompagne.

— Granger veillez à sécuriser en bonne et due forme la scène du crime, ordonna Olivia aux policiers tellement éprouvés par la vision de l'agonie d'Edouard qu'ils en oubliaient leurs rôles. Qu'absolument personne ne s'approche. Vous Marcousi, filez téléphoner à Bonnard qu'il rapplique, ça se corse !

Elle retourna dans sa chambre, enfila un pull et - à pas feutrés - fit le tour du couloir.

Dans l'aide droite tout le monde paraissait dormir. Nul doute que l'effet des somnifères généreusement distribués par Phil y était pour quelque chose. Pas un bruit ne filtrait de la chambre occupée par Céline et Valentine à part leurs respirations tranquilles, ni par celle, voisine, de son fiancé Thomas. Elle entendit Xavier ronfler comme un sonneur, Vincent et Agnès remuer dans leur lit.

Sur le palier, la chambre de Phil et Axelle était restée ouverte : la vision du lit défait, des vêtements au sol, du grand fouillis qui y régnait, témoignait de l'état de débandade et de panique vécues.

Lui faisant face, la porte de la chambre des maîtres de maison avait été pudiquement tirée sur l'intimité de leur repère conjugal.

Dans l'aile gauche où se situait la chambre de la victime, se trouvait également celle d'Hugo. Elle pouvait entendre sa respiration régulière, il n'avait pas bronché, dans les limbes lui aussi sous l'effet du Xanax. Venaient ensuite sa propre chambre, puis celle contiguë à la sienne, inoccupée, et enfin celle d'Edouard qui luttait entre la vie et la mort.

Visiblement, elle était obligée de l'admettre, tous avaient suivi les recommandations de la veille, s'étaient enfermés dans leurs chambres à double tour et avaient fui dans un sommeil narco-libérateur !

Elle retrouva Romain flanqué de l'ambulancier portant une civière et de Phil qui les avait rejoint à la hâte. Ils aidèrent Mr Lognes à installer Edouard sur le brancard. Celui-ci n'avait toujours pas repris connaissance. Il semblait souffrir intensément. Olivia tremblait d'effroi en le regardant. Elle ne pouvait détacher son regard de son teint livide et de son faciès de moribond. Etre le témoin de son calvaire lui mettait le cœur au bord des lèvres. Vivement qu'ils l'emmènent, c'est trop insupportable à voir, songea-t-elle tout en se culpabilisant dans la foulée de cette pensée.

L'inspecteur Marcousi, Axelle, Lorraine et Olivia accompagnèrent le sinistre cortège jusqu'à l'ambulance. Phil, sa trousse médicale à la main, embarqua à l'arrière du véhicule aux côtés d'Edouard.

— Je vous téléphone dès que je peux, leur déclara-t-il en leur faisant un petit salut de la main.

Olivia releva la tête. La journée promettait d'être splendide, le bleu azuréen du ciel était en train de gagner du terrain et d'avoir raison de la brume matinale. Les oiseaux - en incorrigibles lève-tôt - avaient pris possession du territoire à l'aide de leurs vocalises de plus en plus intenses - au fur et à mesure de l'apparition du jour - comme s'ils voulaient interrompre le calme léthargique de ce petit matin et forcer chacun au réveil.

Le décalage entre cette magnificence ambiante et leur effroyable réalité la frappa de plein fouet et lui devint insupportable. Elle se sentit bouillir de rage face à ce rapt inacceptable de leur été, de leur temps, de leur vie, de leurs espoirs, de leur innocence et de leur amitié.

Elle reprit le chemin de l'office complétement à cran.

La pièce embaumait de l'odeur enveloppante du café en train de couler. Elle interpella Marcousi qui venait de s'attabler avec eux :

— Qu'avez-vous vu ? entendu ?

— Absolument rien commissaire ! lui répondit Marcousi. Rien de rien ! Jusqu'à ce qu'on vous appelle.

— Personne ?

— Si je vous le dis : personne ! On l'aurait vu affirma-t-il.

— Je vous écoute Marcousi insista-t-elle, racontez moi en détail ce qui s'est passé.

— Ben vous avez quitté la cuisine à 22 h 30. J'ai raccompagné chacun dans sa chambre comme prévu et bien vérifié que chacun verrouille sa porte. Après, Granger et moi, on a veillé jusqu'aux alentours de minuit. Tout était super calme. C'est moi qui ai pris le premier tour de garde à l'étage jusqu'à 3 h 00. Ce qui avait été fixé avec Granger. Tout baignait. Rien à signaler. Puis Granger a pris le relais, comme prévu. J'ai dû dormir une heure. Sur le coup des 4 heures, Granger me réveille pour me signaler des bruits bizarres dans la chambre de Mr Vaillant. Ça l'inquiète. Il veut mon avis avant d'agir. Je monte donc le rejoindre. Je confirme. Moi aussi je trouve ça bizarre. On essaye d'appeler Mr Vaillant sans succès. J'entends des gémissements, ça s'amplifie. Bien sûr impossible d'ouvrir la porte. Et puis un hurlement. C'est là que nous avons décidé de vous réveiller. Vous connaissez la suite.

Lorraine, l'air défait, leur servit le café.

— Et bien Olivia ? fit Axelle hargneuse-
ment, c'est bien toi qui prétendais que nous
étions sous bonne garde ! C'est bien toi qui te
targuais de notre sécurité, tu vois où ça nous a
mené ! Elle sert à quoi *ta* police *censée* nous
protéger ? A rien ! Rien de rien ! L'assassin
fait ce qu'il veut. Il va tous nous tuer, c'est sûr.
Tous jusqu'au dernier !

— J'suis pas d'accord, intervint Marcousi
en s'énervant à son tour. J'peux pas vous laisser dire ça. ! On a toujours été là pour monter
la garde ! Si on avait pu faire quelque chose on
l'aurait fait ! Y'avait personne, je vous le garantis. Votr'ami Edouard a toujours été seul
dans sa chambre. Vous pensez bien, sinon on
l'aurait intercepté…

— Stop ! ça suffit ! explosa Olivia. Je n'ai
aucune envie de gérer vos manifestations de
hargne ! Nous avons assez de problèmes
comme ça ! Nous sommes en plein marasme !
Personne n'est en mesure de cerner les motivations du meurtrier, ni l'ontologie de sa folie.
Inutile d'ergoter et de nous perdre en conjectures. Alors calmez-vous ! Et attendons le retour de Phil et de Bonnard.

— Je le sentais, ajouta Lorraine, je te l'ai
dit hier, Olivia. Je ne sais pas pourquoi mais
j'en étais sûre. Tu vois bien que j'avais raison ! Treize ça porte malheur...

— A ben là c'est réglé ! fit Olivia exaspérée. Si pour toi Lorraine c'était une question

de nombre, alors te voilà rassurée car désormais nous ne sommes plus que douze !

Romain alarmé par la tournure que prenaient les échanges tenta de ramener un peu de logique et de bon sens au sein du groupe qui partait en vrille :

— Comment se fait-il que son intoxication ne se soit manifestée qu'aux aurores ? Il a pourtant absorbé la même chose que nous hier soir et en plus nous avions tous fini de dîner à 22 heures... Alors quasiment 7 heures de décalage avec le repas avant que ça agisse, ça fait trop long... Et pourtant... Il a bien dû être empoisonné avant 4 heures 30 du matin ?

— Et oui, fit Olivia. C'est ce que je me tue à vous dire. Nous n'avons pas le moindre élément de réponse et quantité de questions. Et pourquoi ? Et comment ? Et quand ? Et à quelle heure ? Et par qui ? Nous sommes pour l'heure condamnés au mystère...

Olivia, son mug de café à la main, se leva et déambula autour de la table toute à ses réflexions. Elle se tourna vers Romain :

— Par rapport au timing dont tu parles, j'imagine que l'effet du Valium a sans doute dû pas mal l'ensuquer – un peu comme l'aurait fait une anesthésie - et retarder la conscience de ses souffrances. Nous en saurons déjà un peu plus au retour de Phil. Je monte. J'ai besoin de revoir sa chambre, leur dit-elle en sortant de la pièce.

C'est à nous rendre tous timbrés cette histoire, songea-t-elle une fois seule, tout en montant l'escalier pesamment la tête pleine d'interrogations : Pourquoi Edouard ? Et pour quelles raisons, s'il était prévu de l'éliminer, le faire maintenant et non pas durant le rallye ? Et puis à quoi ça rime de vouloir supprimer quelqu'un comme lui ? Alors qu'il est un modèle d'honnêteté, d'intégrité, de modestie ? C'est complétement incompréhensible. Quand je pense, songea-t-elle, qu'hier soir je me posais des questions sur lui et que j'ai même – l'espace d'un instant - osé l'envisager comme meurtrier potentiel. Ça pourrait prêter à rire si ce n'était pas aussi désolant ! En tout cas il est désormais lavé de tous soupçons. J'imagine déjà la tête que va faire Bonnard ! ça promet… A ce rythme-là d'hécatombe il n'aura bientôt plus aucun suspect possible à se mettre sous la dent.

— Allez vous chercher un café Granger, dit-elle au second policier qui montait la garde assis devant la chambre qu'il avait rubalisée. Je prends le relais. Je veux faire un tour dans la pièce en attendant Bonnard.

Elle pénétra dans la chambre jaune, celle qui d'ordinaire lui était dévolue. Le spectacle lui parut encore plus macabre. Elle fit une grimace de dégoût. Je ne sais pas si je pourrai y dormir à nouveau, après ce qui s'y est passé, songea-t-elle.

Elle se demanda si les murs gardaient en mémoire la trace des événements violents…, et si les ondes négatives avaient le pouvoir d'imprégner les lieux, de marquer de leur empreinte maléfique l'espace. Elle avait lu un article très interpellant sur le sujet : la journaliste qui en était l'auteure y mentionnait un lieu portant la poisse à tous ceux qui s'y installait en toute innocence, sans savoir qu'un crime y avait été commis quelques 50 ans auparavant. Suivait la longue liste des mésaventures qui touchaient systématiquement tous ceux qui osaient séjourner dans ce lieu : suicide, divorce, violences conjugales, cancer, dépression… Les faits étaient éloquents et troublants !

Qui sait ? se dit-elle. C'est bien possible. Elle se promit qu'à l'avenir elle ne logerait plus jamais dans cette pièce. En frissonnant elle inspecta les lieux.

La chambre aux murs jaune tendre était vaste et donnait sur une forêt de sapins. Le lit en alcôve était entouré de deux tables de nuit en bois peint. Sur l'une d'elles trônait un roman de Boulgakov encore ouvert. Un sac posé à même le sol, entrouvert, laissait deviner des vêtements soigneusement pliés. Ce rappel à la présence d'Edouard la bouleversa. Elle refoula ses larmes.

Sur le coffre - ancien lui aussi - peint à la main, elle repéra un plateau en argent, un bouquet de fleurs fraîches, une bouteille de whisky entamée. Ma marque préférée songea-t-elle. Du Glenfiddich Special Reserve, 12 ans d'âge !

Sans toucher à rien elle pénétra dans la salle de bains, vit la trousse de toilette mais surtout les deux verres vides côte à côte...

*

* *

— Pas mécontente de vous retrouver Bonnard, lui avoua Olivia rassurée de pouvoir compter sur sa présence. Ça vous dirait un café ? J'imagine que vous n'avez pas dû avoir le temps d'en prendre un ?

— Ça marche. Une grande tasse avec deux sucres, merci. Si j'avais su, j'aurai dormi sur place. A peine six heures du *mat* ! constata-t-il en regardant sa montre. J'ai téléphoné qu'on nous envoie au plus tôt l'équipe technique. Vous êtes sûre que personne n'a pénétré sur le lieu du crime ?

— Non aucun risque, ils dorment tous profondément.

— Ah oui, je vois, fit-il sarcastique. Encore un assassinat virtuellement commis ! C'est fabuleux cette histoire, si ça continue je vais me mettre à croire au surnaturel, aux fantômes.

— Aux fantômes ? dit Olivia en blêmissant.

— Et bien que se passe-t-il Feuillates, vous avez un malaise ?

— Non, rien, je ne sais pas, j'ai la tête qui tourne, la fatigue sûrement.

— Je vous préviens, dès que l'équipe prévue a fini son boulot, je commence les entretiens. Vous me réveillerez *fissa* tout ce joli monde. Pas de grasse *mat* ce matin ! D'ailleurs, pourquoi attendre ? Je vais commencer tout de suite. Granger ! appela-t-il.

— Oui commissaire.

— Vous me superviserez le travail de vos collègues de la scientifique qui vont arriver d'une minute à l'autre !

— Bien commissaire.

— Prévenez Madame Lalenchère que je l'attends dans le bureau au plus tôt, bon dès qu'elle sera disponible, ajouta-t-il.

Quelques trente minutes plus tard, Lorraine frappait à sa porte. Elle entra, ses cheveux blonds ramenés en arrière en queue de cheval, sans fard. Vêtue simplement d'un jean, d'une chemise d'homme rayée bleue et blanche et de tennis blanches au pied. Elle était grande, très mince, des yeux d'un bleu presque violet. Du chien songea-t-il, peut-être un peu effacée, mais néanmoins jolie femme.

— Asseyez-vous je vous en prie, je voudrais vous poser quelques questions.

— A votre service commissaire.

— Comment avez-vous été prévenue de la soirée ? lui demanda-t-il.

— Par lettre. Nous avons tout de suite compris que c'était la bande.

— Pourquoi ? lança-t-il.

— Elle était signée du comité des anciens de la promo 94.

— Vous ne vous êtes pas méfiée ? demanda-t-il.

— De quoi ? Non ! ça nous arrivait parfois de nous faire des surprises, lui répondit Lorraine. Ce serait à qui serait le plus inventif.

— Sur ce coup-là, on peut effectivement dire que c'est inventif, lui lança Bonnard goguenard.

Lorraine rougit et s'agita mal à l'aise. On aurait dit une petite fille coupable.

— Et ensuite ? fit il.

— On nous y demandait notre participation pour le samedi 12 juin. Il s'agissait d'organiser la soirée de suivi du rallye. Et de prévoir le gîte pour une vingtaine de participants.

— C'était dit en ces termes ? demanda Bonnard.

— Oui vingtaine de participants.

— Pourtant, d'habitude, remarqua-t-il, dans les rallyes dauphinois il y a beaucoup plus de monde.

— Je sais, répondit-elle. La promo 94 comptait à l'époque, plus d'une quarantaine de membres.

— Et que sont-ils devenus ?

— Beaucoup sont partis s'installer ailleurs. Le travail, les études, les hasards de la vie nous ont séparés. Le noyau dur, depuis plus de vingt ans, est ici même.

— A part ceux qui se sont fait refroidir, lui fit remarquer Bonnard.

Lorraine rougit à nouveau. On la sentait mal à l'aise.

— Et ensuite ? fit il.

— Excusez-moi je ne sais plus où j'en étais…

— A prévoir le coucher d'une vingtaine de personnes, ironisa-il.

— Oui. Il nous fallait donner notre réponse par boite postale interposée. Et bien sûr il était précisé, mais cela tombait sous le sens, de n'en parler à personne.

— Comment ça, ça tombait sous le sens ?

— Sinon nous dévoilerions le lieu final du rallye qui ne devait être découvert que par les participants eux-même, à travers les différentes étapes, lui expliqua-t-elle patiemment.

— Bon d'accord. C'est tout ce que vous aviez reçu ?

— Non. Nous avions reçu la liste des participants et l'assurance d'être dédommagé de nos frais, ajouta-t-elle.

— La liste des participants ! Vous l'avez gardé j'espère ? Il me la faudra absolument.

— J'imagine, oui. Mais pas ici, à Voiron.

— Et cette liste que contenait-elle comme noms ? demanda-t-il.

— Ceux des treize personnes qui sont hébergées ici. Ainsi que ceux des cinq morts et de leurs femmes. Avec nous, cela fait vingt.

Enfin un tout petit embryon de piste, songea-t-il.

— Et comment était-elle cette liste ?

— Que voulez-vous dire ?

— Son apparence ?

— Un texte word tapé sur ordinateur répondit-elle.

Merde, se dit Bonnard.

— Evidemment nous étions d'accord, vous pensez bien, lui confirma-t-elle.

— Pourquoi ?

— Un rallye c'est une super idée et un retour vers le passé.

— Alors maintenant dites-moi Madame Lalenchère, pourquoi hier, à l'annonce des cinq décès, vous avez réagi de cette façon aussi spontanée et ciblée au nom de Marc Bazenage ?

— Je ne sais pas, lui répondit Lorraine. Sans doute parce que je l'avais vu la veille.

— Marc Bazenage ? fit Bonnard manquant de s'étrangler. Vous l'aviez vu la veille ?

— Oui, vendredi en fin d'après midi.

— J'avais cru comprendre que tout devait être confidentiel ? fit-il sur des charbons ardents.

— Oui… Mais il m'avait téléphoné et avait pris rendez-vous avec moi, ici même.

— Il vous avait téléphoné et pris rendez-vous ? Ici même ? Vous m'en direz tant. Première nouvelle ! Et pourquoi donc ?

— Pour m'apporter des cadeaux de bienvenue, à placer dans la chambre respective de chacun des participants concernés, lui expliqua Lorraine. Ce que nous avons fait ensemble lui et moi. Il y tenait.

— Vous aviez prévu d'attribuer chaque chambre à l'avance ? demanda Bonnard.

— Eh bien oui, commissaire, comme d'habitude.

— Et c'étaient quoi ces cadeaux ? fit Bonnard prêt à exploser.

— Une boite de Calissons d'Aix à placer dans la chambre de Céline elle adore ça…, une corbeille de fruits à placer dans celle de Phil, il aime à croquer un fruit avant de se coucher…, une bouteille de cognac dans celle de Xavier, fan de cette boisson…, une bouteille de Glenfiddich à placer dans la chambre d'Olivia qui ne rate jamais son rituel du soir sous la forme d'un verre de whisky…, récapitula-t-elle lentement.

Des coups furent frappés à la porte

— Oui répondit-il d'une voix rogue. Que voulez-vous ? J'avais dit qu'on ne me dérange pas.

— J'voulais juste vous dire qu'ils ont terminé leur travail de prélèvements dans la chambre du jeune Vaillant. V'oulez les voir ? demanda Granger.

— Un instant, dit-il à l'intention de Lorraine.

— Alors messieurs vos investigations sont terminées ? fit-il en saluant les membres de l'équipe technique.

— Oui nous avons fait tous les prélèvements nécessaires.

— Des trouvailles ?

— Oui chef, lui répondit l'un d'eux, des empreintes, quelques fibres mais surtout une bouteille de whisky ouverte hier soir.

— D'hier soir ? Qu'est-ce qui vous permet d'être aussi affirmatif ?

— Elle est à peine entamée et l'un des deux verres de la salle de bain pue encore le whisky, répondit celui-ci.

— C'est clair que c'est dans le whisky que se trouvait l'arsenic patron, conclut Granger.

— Apportez moi ça *fissa* au labo, ordonna-t-il.

Le téléphone se mit à sonner. Bonnard se précipita.

— Oui, ici le commissaire Bonnard. Ah ! C'est vous Docteur Laval.

— …………………..

— Merci de me prévenir.

— …………………………

156

— Je vous attends.
— Alors ? demanda Lorraine.
— Mort ! dit-il

*

* *

— Edouard vient de mourir, annonça Lorraine qui avait rejoint Olivia à l'office. Elles s'effondrèrent dans les bras l'une de l'autre.
— Vu son état je ne me faisais pas beaucoup d'illusions, avoua Olivia au bout d'un instant. L'arsenic est un poison redoutable. Et à très hautes doses, ce qui devait être le cas pour Edouard, tu n'as aucune chance d'en réchapper.
— Sais-tu que les enquêteurs pensent que l'arsenic devait se trouver dans la bouteille de whisky, ajouta Lorraine.
— C'est probable.
— Mais tu ne vois donc pas ce que ça veut dire ? s'alarma Lorraine.
— Non, fit Olivia.
— Mais que c'est toi qui étais visée ! s'exclama Lorraine. La chambre jaune t'est toujours dévolue quand tu es là. C'est toi qu'on voulait tuer !
— Pas forcément. On ne peut pas faire de déductions aussi sommaires Lorraine. Tout dépend de *quand* la bouteille a été placée dans

la chambre, de *comment* elle l'a été, *à l'intention de qui* et *par qui* ?

— Mais par moi, dit Lorraine en se tordant les mains.

— Toi ? s'exclama Olivia marquant le coup. Tu ne veux quand même pas me dire...

— Que je voulais te tuer ? Bien sûr que non, fit Lorraine.

— Mais alors, explique-toi !

— C'est Marc qui m'a demandé de placer cette bouteille dans ta chambre, lui expliqua Lorraine. Ainsi qu'une corbeille de fruits dans celle de Phil, une boite de calissons dans celle de Céline. Il était venu en personne m'apporter un cadeau pour chaque chambre.

— Marc ! fit Olivia complètement estomaquée... Marc ? Tu en es sûre ?

— Puisque je te le dis ! Il est venu vendredi, *ici même,* m'apporter les cadeaux et les placer avec moi dans chaque chambre. La bouteille de whisky t'était destinée.

— Meeeeeeeerde... ! C'est toi qui as raison ! C'est bien moi qui étais visée, fit Olivia en s'asseyant le visage décomposé, les jambes coupées.

— Tu vois quelqu'un d'autre que toi qui a cette manie de siroter un verre de whisky pour finir sa soirée ? lui demanda Lorraine.

— Edouard semble-t-il ! répondit Olivia.

— Oui mais il n'était pas coutumier du fait comme toi. Il l'a fait par opportunité.

— Tu parles d'une opportunité ! fit Olivia grinçante. En fait, c'est moi qui aurais dû mourir, murmura Olivia hébétée. Je l'ai échappé belle.

Elle frissonna, anéantie, en repensant au calvaire d'Edouard et à sa fin si peu glorieuse. Elle quitta la pièce précipitamment pour rejoindre Bonnard. Elle le rencontra à la porte du bureau, mû par le même besoin qu'elle : la retrouver.

— Lorraine vient de m'apprendre pour la bouteille de whisky.

— Alors qu'en dîtes-vous Feuillates ? lui dit-il en se réinstallant à son bureau.

— Nous avançons, fit celle-ci.

— Ah bon ! Parce que vous trouvez que nous avançons ? fit Bonnard sarcastique.

— Pas vous ? lui demanda Olivia. Vos hommes m'ont confirmé que personne n'a bougé de sa chambre. Donc la bouteille, qui se trouvait posée là intentionnellement, était déjà empoisonnée. Le fait de savoir que Marc a apporté une bouteille de whisky *arséniquée*, c'est pas une avancée pour vous ?

— Vous savez Feuillates, lui dit Bonnard en se levant de son fauteuil et en se penchant vers elle, je m'ennuyais un peu dans ma vie avant que vous n'y débarquiez avec toute votre bande d'hurluberlus. Mais ce qui se passe là, on ne me l'avait encore jamais fait !

— Mais quoi donc ? lui demanda Olivia déconcertée.

— J'avais enfin, en la personne de Marc, un assassin potentiel. Ou du moins un vrai suspect. En tout cas matière à questionner. Et je fais comment pour le questionner ou l'arrêter moi, l'assassin ? Je vais lui passer les menottes à la morgue ? Je vais le traquer dans le royaume des ombres ? Dans cette affaire même les suspects possibles se font rétamer. Avec votre bande Feuillates on passe à l'ère du total kil. Un kit tout en un, l'assassin et la victime dans une même personne ! C'est tout nouveau, ça vient de sortir... Une victime assassinée devient assassin post mortem ! Un mort-assassin ou un assassin-mort. A vous de choisir, fit-il en agitant ses mains à la façon de marionnettes... Et *passez muscade*, y'a plus rien à voir ! acheva-t-il en les faisant disparaître derrière son dos.

*
**

— Comment ça s'est passé à Grenoble ? demanda Olivia à Phil qui venait de réintégrer le domaine des Blâches. Il était 10 heures 30 du matin.

— Très éprouvant, répondit Phil tout en prenant son petit déjeuner sous la haute sollicitude d'Axelle et d'Olivia. Quand nous sommes arrivés il n'y avait plus rien à faire. Les médecins l'ont placé sous morphine pour atténuer ses souffrances. Il est mort une heure plus tard.

— C'est ce qui explique une mort aussi rapide ? lui demanda Olivia.

— Non. Les médecins posent l'hypothèse qu'en plus de l'arsenic, il a du faire un choc anaphylactique ce qui aurait accentué le choc cardiogénique, expliqua Phil. Les effets de l'arsenic auraient pu être potentialisés par le cocktail Valium - whisky. Mais, pour dire vrai, ils n'en savent rien. Ce ne sont que des suppositions. L'autopsie nous en dira plus.

— Sais-tu, lui expliqua sa fiancée, que l'arsenic se trouvait dans la bouteille de whisky placée dans sa chambre ?

— Attends ne me dis pas que c'est Lorraine l'empoisonneuse !?

— Non, tu ne devineras jamais…

— Mais dis-le moi au lieu de jouer aux devinettes !

— C'est Marc…, intervint Olivia. C'est lui qui a apporté la bouteille de whisky empoisonnée. En fait, il avait prévu un présent pour chacun de nous. A placer dans nos chambres respectives.

— Marc un assassin ? s'écria Phil. Tu délires ! C'est dément ! Qu'est-ce que c'est que cette histoire de dingue encore ? En plus, il a été tué hier matin. Il a fait partie du contingent des victimes. Ça l'élimine… Oh pardon…, pour ce jeu de mot involontaire ! A moins qu'il n'y ait plusieurs assassins dans cette histoire ?

— Franchement Phil, je n'en sais rien, lui avoua Olivia. Tu veux que je te dise, je me sens dépassée. Je n'arrive pas à croire que Marc ait trempé dans cette affaire... En tout cas, c'est bien lui qui a pris rendez-vous avec Lorraine. Elle me l'a confirmé. Et c'est bien lui qui est venu lui apporter nos cadeaux en personne, avec moult recommandations.

— Avez-vous au moins pensé à vérifier qu'il n'y ait pas d'autres cadeaux empoisonnés ? demanda soudain Phil.

— Oh mon Dieu non ! s'alarma Olivia.

— Allons réveiller tout le monde, pressa Axelle.

Ils montèrent l'escalier en courant...

Dix minutes plus tard, c'était le branle-bas de combat à l'étage. D'Hugo à Céline, chacun avait été mis sur le pied de guerre et convoqué à l'office pour une réunion d'information collective.

Olivia avait confié à Phil le soin de leur annoncer le meurtre d'Edouard. Elle en avait gros sur le cœur, besoin de s'isoler un peu, de se rafraîchir, de calmer ses angoisses avant de retrouver celles du groupe. La prise de conscience de la réalité du danger auquel elle venait d'échapper la bouleversait. Elle éprouvait l'impression étrange, à travers la mort d'Edouard, d'avoir assisté par personne interposée à l'agonie qui lui était destinée ; car elle le savait pertinemment : pas plus que lui elle n'aurait résisté à un verre de Glenfiddich. Et, rétrospectivement, la peur lui étreignait le cœur. C'était comme si une main s'en était emparée et le serrait dans un étau. C'était très douloureux. Elle se força à respirer, marcha de long en large dans sa chambre pour modérer le maelstrom d'émotions éprouvées. Elle se sentait vidée, pompée, lessivée, aux limites d'elle-même. C'en était trop !

Puisqu'il semble que ce soit moi la cible, moi qu'on avait initialement visée, ça change la donne, songea-t-elle. Il est impératif que je m'isole, que je prenne du recul et me donne du temps pour réfléchir... Forte de sa décision elle se résolut à rejoindre le groupe. Arrivée à la porte de l'office elle perçut la voix de Phil :

— Nous avons une bien triste nouvelle à vous annoncer. Il faut être fort. Il y a eu un nouveau meurtre, cette nuit...

Allons-y courage, se dit-elle en en poussant la porte de la cuisine pendant que Phil terminait sa phrase,

— ... Edouard a été empoisonné. Il est mort ce matin à l'hôpital.

La nouvelle fit l'effet d'un électrochoc collectif :

— Quoi ? Un nouveau meurtre ?... Edouard ? Mais comment ?

— C'est pas vrai ! Y'en a marre à la fin, s'écria Vincent, l'air traqué en se mettant à déambuler en tous sens dans la cuisine avec des gestes de dément.

— C'est pas possible, fit Agnès en éclatant en sanglots.

— Désolé de ce qui se passe, dit Hugo blafard, en se levant.

— Je n'en peux plus. C'est insupportable à la fin de perdre tous ses amis les uns après les autres, fit Valentine l'air anéanti, blême, au bord du malaise en s'accrochant à la table pour ne pas tomber.

— J'arrive pas à y croire. Comment ça s'est passé ? demanda Thomas l'air complètement ahuri.

— Edouard ! Et de six ! A qui le tour ? éructa Xavier furibard en se levant d'un bond. Prenez votre ticket, y'en aura pour tout le monde !

— Oh Non ! Pas ça ! C'est pas possible ! s'écria Céline en rage, les larmes aux yeux.

Elle se précipita hors de la cuisine comme si elle avait le diable à ses trousses et bouscula sur son passage Olivia qui y rejoignait le groupe...

Olivia et Phil se regardèrent complètement largués.

*
* *

— Vous vouliez me voir commissaire ? lui demanda Romain Lalenchère, le maître des lieux en rentrant dans le bureau.

Dégingandé, avec cet air emprunté qu'ont parfois les personnes de très grande taille, il avait la mèche rebelle et des yeux brillant d'intelligence, couleur noisette. Son allure était en parfaite harmonie avec celle de son épouse.

Bien appariés ces deux là, songea Bonnard.

— Oui, comme je le fais pour chacun, j'aimerais vous poser quelques questions.

— Je suis à votre disposition, répondit poliment Romain.

— Votre femme m'a donné sa version des faits par rapport à ce rallye, je souhaiterais maintenant avoir la vôtre.

— Elle ne sera guère différente, je le crains, objecta Romain.

— Ça ne fait rien, allez-y tout de même.

— Que vous dire ? Nous avons reçu l'information concernant ce rallye il y a un mois environ. Comme vous le savez nous y avons répondu par l'affirmative. Cela nous a amusé de retrouver le *comité d'organisation de la promo 94,* lui expliqua Romain.

— Pourquoi ?

— Parce que c'est moi qui ai été à l'origine de cette appellation.

— Vous ? s'étonna Bonnard. Première nouvelle ! Pouvez-vous m'en dire plus ?

— Bien volontiers. En 1994 nous avions organisé un super rallye dans toute la région du Dauphiné. Une quarantaine de participants. Une fête mémorable. J'en étais l'organisateur. En cours de soirée en remettant les prix, j'ai levé mon verre et ai porté un toast à la santé des participants. J'ai dû leur dire un truc du genre : « cette année 94 restera un cru mémorable. Je vous nomme donc tous *membres d'honneur de cette promo 94* ». Cette appellation est restée dans notre groupe un long moment. Puis a fini par tomber dans les oubliettes…

Il fit silence puis reprit,

— Vous comprenez mieux, commissaire, quel clin d'œil au passé c'était pour nous ?

— Tout à fait, continuez, lui répondit Bonnard.

— Que vous dire d'autre ?

— Votre femme m'a parlé d'une liste contenant les noms des participants, l'avez-vous vu ? lui demanda Bonnard.

— Tout à fait. Tous les membres actuels y figuraient. Evidemment, le groupe s'est considérablement réduit par rapport à 94, ajouta Romain.

— Et continue de le faire… Bon et Marc Bazenage alors dans tout ça ? lui demanda Bonnard.

— Marc ? Que voulez vous dire ?

— Votre femme m'a confié qu'elle avait vu Marc avant-hier, ici même.

— Possible, fit Romain.

— Comment ça possible ? s'étonna Bonnard. Vous n'étiez pas au courant ?

— Moi ? Non. Vendredi, j'étais à Paris. Au *congrès des créateurs, entrepreneurs et chefs d'entreprise.* Je suis rentré fort tard dans la soirée. Je n'ai rien su de la visite de Marc. En tout état de cause, Lorraine ne m'a pas tenu au courant des préparatifs de la fête, lui expliqua Romain.

— Et pour quelles raisons ?

— J'ai été charrette cette semaine. En plus de ma casquette habituelle de chef d'entreprise, j'avais à endosser celle d'intervenant et de conférencier. Et donc dans l'obligation de préparer mes interventions pour ce congrès autour des thèmes de la Création, de la Reprise, du Développement, du Financement et de la Transmission des Entreprises. Un gros dossier. Heureusement clos ! Dans ces périodes là, Lorraine essaie de m'épargner les soucis domestiques. Elle ne travaille pas, nous n'avons pas encore d'enfants ce qui lui laisse tout loisir pour gérer l'organisation de notre vie. C'est une maîtresse de maison fabuleuse, vous savez... Du moins en temps ordinaire ! Là, elle est un peu dépassée..., fit Romain avec un petit rire gêné.

— Et hier matin où étiez-vous ? lui demanda Bonnard.

— Au bureau j'avais des papiers comptables à mettre en ordre pour lundi.

— De quelle heure à quelle heure ?

— De 9 heures à 12 heures, répondit Romain tranquillement.

— Vous avez un témoin ?

— Pas un commissaire, deux. La comptable tout d'abord qui était là avec moi et un de mes salariés qui a profité de ma présence pour me parler d'un problème personnel. Vous pourrez vérifier, lui dit Romain.

— J'y compte bien.

— Donc votre épouse était *seule* hier matin au moment du rallye, sans contraintes et dans une complète liberté d'action et de mouvements ? lui demanda Bonnard.

— Oui.

— Si je comprends bien, intervint Bonnard d'un air provocateur et en pesant ses mots, vous êtes en train de me dire que vous ne pouvez pas me confirmer le témoignage de votre femme... Ni lui servir d'alibi au moment du rallye... Encore moins me certifier ses affirmations... Notamment sur le fait que ce soit bien Marc Bazenage qui lui ait apporté la bouteille de whisky vendredi soir. Ce même Marc qui fait partie du contingent des victimes et qui ne peut donc plus témoigner. Et une bouteille de whisky qui - je vous le rappelle en passant -

a quand même coûté la vie à votre ami Edouard...

— Non, lui répondit Romain, l'air piteux.

— Ce sera tout Monsieur Lalenchère, fit Bonnard, un sourire mauvais sur les lèvres.

*
* *

Agnès, la fiancée de Vincent, avait pris Valentine à part dans un coin du salon. Elle voulait lui parler à l'insu des autres et notamment de son fiancé.

— Je sais que Vincent est passé te voir à la mairie et qu'il t'a sollicité pour faire avancer son projet.

— Effectivement, lui répondit Valentine. Il m'a demandé de l'appuyer auprès du maire. Super, d'ailleurs, son projet de centre sportif. Maintenant, tu sais, je ne l'ai pas fait rêver. Je lui ai bien dit que je n'y pouvais pas grand-chose. C'est le genre de dossier qui demande pas mal d'expertises. Je peux juste vérifier qu'il franchit bien les étapes et ne reste pas trop longtemps bloqué sur un bureau, qu'il reste bien sur le haut de la pile, si tu préfères.

— Vincent t'a-t-il fait part de certains soucis ?

— Il m'a fait part de soucis financiers, si c'est ça que tu veux dire. Il était en négociations avec Sébastien et soutenu par François en tant que conseiller juridique. Pourquoi ?

— Parce que je le sens très inquiet et qu'il ne me dit rien. Il va mal en ce moment et je voudrai bien comprendre pourquoi.

— Moi, il me semble que c'est plutôt toi Agnès qui es très inquiète.

— Tu as raison. Je sais qu'ils ont eu des mots tous les trois et que ça a été violent. Sébastien et François sont morts durant le rallye. Vincent est le seul à rester en vie. Je ne peux m'empêcher d'imaginer des choses. Or comme je sais qu'il se confie facilement à toi, je voulais savoir s'il t'avait mise au courant de quelque chose.

Valentine haussa les épaules.

— Arrête de gamberger comme ça c'est nocif. Vincent avait besoin d'eux, ils ont eu des mots, point barre !

— J'ai peur Valentine. Je n'ai plus confiance. Je ne le reconnais pas. Il n'est plus maître de lui. Il est adorable mais c'est un sanguin, un impulsif. Il disjoncte vite, trop vite et ça le dessert.

— Tu veux dire qu'il peut être violent ?

Agnès eut l'air gêné mais n'osa lui confier la raison de sa peur. Comment lui avouer qu'elle soupçonnait Vincent ? Qu'elle craignait qu'il n'ait l'âme d'un tueur ?

Vincent Delebarre pénétra à son tour dans le bureau des policiers et referma la porte derrière lui. Petit à petit le ton monta, les voix allèrent crescendo et dégénérèrent en conflit ouvert.

Alertés, l'inspecteur Granger et Olivia se précipitèrent à la porte du bureau.

— Commissaire, commissaire, vous avez besoin d'aide ? demanda Granger inquiet.

— Ça ira, ça ira fit Bonnard en ouvrant la porte.

— Que se passe-t-il ? demanda Olivia en voyant Vincent rouge comme un coq.

— Il a rien trouvé de mieux à me dire, hurla Vincent, que placé comme je l'étais sur le parcours, j'aurai tout à fait pu tuer Marc et Bertrand. Tu te rends compte !

— Vincent…

— Et d'après le commissaire, continua Vincent hors de lui, aller me poster à Vassieux, vous recevoir et repartir tuer les trois autres. Puis tranquillement aller prévenir la police, comme convenu avec vous.

— Vincent…

— Il m'a fait péter un câble, j'ai failli le fracasser.

— Voies de fait sur un officier de police dans l'exercice de ses fonctions, ça vous aurait coûté cher mon petit gars ! rétorqua Bonnard. En outre, j'ai simplement émis des hypothèses. Je ne vous ai pas accusé, du moins pour l'instant.

— C'est vrai que nos méthodes policières sont souvent provocantes, reconnut Olivia. Je comprends que ça puisse mettre en colère...

— Je suis furax, tu veux dire !

— Pour le moment tu es entendu en tant que témoin, tu n'es pas plus soupçonné qu'un autre. Le commissaire Bonnard a six meurtres sur les bras, SIX MEURTRES Vincent... et un assassin en goguette, peut-être encore prêt à frapper. Nous ne sommes pas dans une réunion mondaine à nous faire des risettes et des ronds de jambe.

— Je sais, reconnut Vincent, l'air soudain coupable et mettant sa voix en bémol.

— Tout le monde est à cran. Toi, moi, lui... Calme toi. Je te conseille d'aller voir Phil, ajouta Olivia.

— ... 'tain Olivia, je sais pas ce qui m'a pris. J'ai complètement disjoncté ! Pouh, c'est la première fois que j'ai eu envie de tabasser quelqu'un. T'as raison, je vais aller voir Phil, dit Vincent qui tremblait comme une feuille, en plein contrecoup de son coup de sang.

— Accompagnez-le auprès du docteur Laval qu'il s'en occupe, demanda-t-elle à Granger. Désolé Bonnard, nous sommes dépassés par les événements. Nos nerfs lâchent...

— Je l'ai un peu malmené, c'est vrai admit Bonnard. Faut dire que cette histoire commence à me courir. Et, pour tout vous avouer, je redoute encore un mauvais coup.

— C'est ma crainte également, reconnut-elle.

— Je vais faire un break, fit le commissaire en se dirigeant vers la cuisine, Olivia sur les talons.

— Moi aussi, lui dit-elle. J'ai besoin d'un break. Il y a quelque chose qui me tracasse et je n'arrive pas à savoir quoi. J'ai besoin de prendre du recul, de m'aérer les méninges. Je vais aller marcher en forêt. Ça va m'aider à cogiter. Si toutefois vous me cherchiez...

— Cogitez, cogitez, grand bien vous fasse Feuillates ! grommela-t-il. Quand à moi je n'ai qu'une hâte, être à demain pour avoir enfin quelque chose à me mettre sous la dent : les résultats des prélèvements, des autopsies... Je ne supporte pas de savoir que le meurtrier nous nargue, qu'il se balade à notre nez et à notre barbe. Ça me rend fou. Promet d'être long ce dimanche !

Olivia le quitta sur ces mots et prit le chemin de la forêt.

Plus elle s'éloignait du domaine, plus la sensation de vivre un cauchemar augmentait. Loin d'atténuer la brutalité des événements, le fait de prendre du recul les lui faisait percevoir avec encore plus d'acuité dans toute leur atrocité. Elle se sentait en sursis et n'en revenait toujours pas que le destin l'ait épargnée. Son sentiment de culpabilité vis à vis d'Edouard s'intensifiait. Le risque d'être habitée par la vision de son ami, mourant à sa place, avait de grandes chances de s'installer en elle pour un long moment. Elle mesura qu'elle ne s'en sortirait pas toute seule et qu'il lui faudrait consulter un psy. Rompue aux disciplines psychologiques et séduite par la psychanalyse cela ne lui faisait pas peur. Bien au contraire, elle avait toujours pensé que partir à la découverte de son inconscient était une des dernières grandes aventures qui restait à l'homme moderne. Un de ses derniers espaces de liberté et de subversivité.

Toujours dans ses pensées, la vision d'un écureuil qui traversait le chemin la ramena à une réalité plus plaisante. Pas à pas, au fil de sa flânerie son esprit se mit au vert. La forêt était là, apaisante et odoriférante. Elle en huma les différentes fragrances tout au plaisir de retrouver ses sens.

Au bout d'un moment de marche, elle remarqua au bord du sentier un vieux mélèze au tronc puissant qui l'émut par sa majesté, sa force, sa beauté. Elle se sentit attirée par lui...

Il semblait lui tendre ses branches... Profitant du fait qu'elle soit seule et hors champ de tout jugement critique, elle décida de se régénérer auprès de son champ énergétique. Elle entreprit alors un petit rituel de son cru, s'approcha doucement de cet arbre imposant et tout en s'inclinant lui demanda mentalement l'autorisation de se connecter à lui. Puis elle alla placer ses deux mains de chaque côté de son tronc. Il ne lui fallut que quelques instants de concentration pour commencer à ressentir des picotements et une vague de chaleur affluer vers ses mains. Se sentant reliée, elle se retourna pour coller son dos et sa tête contre le tronc de ce « chêne des montagnes ». Elle ferma alors les yeux pour mieux s'abandonner et capter le rayonnement, l'énergie et la vitalité de cet arbre à même de la recharger. Puis, toujours dans la même position, entreprit quelques respirations lentes et approfondies afin de libérer son corps des tensions engendrées par l'angoisse et le stress et d'accentuer sa régénération énergétique. Elle sentit que cela agissait et la reconstituait en profondeur. Elle put alors apprécier, tout simplement et sans arrière-pensée, la sensation d'être encore en vie. Cela lui fit du bien.

Elle remercia l'arbre et se remit en marche vers une petite clairière qu'elle connaissait et affectionnait tout particulièrement.

C'est là qu'elle aperçut Hugo.

Assis sur une souche d'arbre, celui-ci l'air sombre, semblait perdu dans ses pensées. La symbolique de cet arbre coupé qui lui servait de siège lui parut synchrone au regard de sa réalité d'homme amputé de son amour. Posté comme ça de profil, elle remarqua combien il ressemblait à Corto Maltese[*].

Sacré port de tête ! Même genre d'allure, à la fois fière et un brin sauvage, quoique plus raffinée. Quel homme magnifique ! Il correspondait complètement au genre d'homme susceptible de la faire craquer. La vie est mal faite… se dit-elle tout en se sentant immédiatement coupable de ces pensées vis-à-vis de Simon qui venait de se faire trucider.

Il tourna lentement la tête vers elle.

— Désolée Hugo, je ne pensais pas trouver quelqu'un ici... Je ne veux pas te déranger. Je sais combien cela peut être précieux de s'isoler quand on souffre. Veux-tu que je te laisse seul ? lui dit-elle en le tutoyant spontanément.

— Non, reste. Bienvenue au club des solitaires. Je t'en prie..., lui dit-il en se poussant pour lui faire un peu de place sur la souche. Elle le rejoignit et s'installa à ses côtés.

Ce rapprochement physique eut pour effet déclencheur la perception de quelque chose d'extraordinaire au sens premier du terme…, la perception de quelque chose d'indicible. Etait-ce le sentiment suraigu d'avoir frôlé la mort ? Ou les émotions extrêmes de ces dernières heures ? Toujours est-il qu'elle se re-

---

[*] Héros de la célèbre BD d'Hugo Pratt

trouva, soudainement et spontanément, proje-
tée dans une autre dimension psychique. Un
état modifié de conscience qui la propulsa
dans une dimension d'éternité. Où l'instant
présent se para d'infini, d'immuabilité, de per-
pétuité. C'était une évidence d'être là avec
Hugo comme s'il avait toujours été là, à ses
côtés. De tout temps. Depuis toujours !

Son esprit voguait dans un même mouvement à la fois hors du temps, en prise avec
l'intemporalité, et en même temps complètement immergé dans l'instant. L'évidence
d'être en phase avec l'autre, quelque chose qui
ne s'explique pas mais se ressent, s'installa
entre eux. Au-delà du sentiment de bien-être
corporel bien sûr présent, ce qui la scotchait
véritablement était cette sensation d'une étonnante connexion d'inconscient à inconscient.
Ils étaient reliés, d'être à être, sans les mots et
bien au-delà. Et cet accord les soudait l'un à
l'autre plus sûrement que n'importe quel discours. Comment décrire une alchimie ?

Durant un très long moment, ils partagèrent
cette forme d'évidence en silence sans éprouver le besoin de se forcer à communiquer autrement. Ils ne pouvaient évidemment pas être
en mesure de réaliser pleinement à travers
cette rencontre subtile et infraliminale, toute la
force et la pérennité du lien qui était en train
de naître entre eux.

Ce fut Olivia qui finit par rompre le silence :

— J'étais très liée à Simon. Je l'aimais infiniment. Nous avions une sensibilité commune sur un tas de sujets.

— Je le sais. Tu t'imagines bien qu'il m'avait parlé de votre amitié. Et pour ne rien te cacher, j'en étais même par moment un peu envieux. Simon aimait en jouer d'ailleurs. Il te mettait à toutes les sauces : Olivia par ci, Olivia par là. Si bien que j'avais fini par lui dire qu'il était amoureux de toi sans le savoir, avoua-t-il en souriant avec tristesse.

— Mais non, se défendit-elle, ce n'est pas ce que tu crois. Simon était pour moi comme un frère. Rien de plus.

— Je le sais bien, rassure-toi lui répondit Hugo. Ce que je te livre là n'était qu'un jeu. Je n'ai jamais été inquiet par rapport aux sentiments qu'éprouvait Simon. Il existait une telle complicité entre nous. En plus, il m'avait avoué n'avoir jamais éprouvé la moindre attirance sexuelle pour les femmes. Cela n'existait tout simplement pas pour lui. Ce qui par contre n'est pas mon cas. Car, vois-tu, j'ai longtemps été hétéro. Pendant des années j'ai vécu - avec une femme - une longue histoire très passionnelle, compliquée et douloureuse avant de franchir le pas de l'homosexualité… C'est Simon qui me l'a fait franchir. Lui et personne d'autre. J'ai d'abord été attiré par lui en toute amitié avant de découvrir la profondeur des sentiments qui me liaient à lui et de découvrir que je l'aimais tout court. Je n'avais jamais ressenti ça auparavant, ni eu ce style de penchant avant lui. Je n'aurai jamais cru ça possible. C'est vraiment l'amour qui m'a fait franchir le pas. Et je ne le regretterai jamais. Quelle chance j'ai eu de le rencontrer !

— En tout cas, ça se voyait qu'il était heureux, reconnut-elle, il rayonnait. J'en étais ravie pour lui.

— Merci lui dit-il, en lui prenant la main et en lui déposant un baiser sur le dos de celle-ci.

Olivia tressaillit à ce contact. Il garda sa main dans la sienne. Ils restèrent un moment comme ça, main dans la main, sans besoin de parler.

Et au travers de ce simple contact physique, malgré la singularité du contexte et la brutalité des événements qui avaient présidé à leur rencontre, elle acquit la certitude qu'elle venait de rencontrer l'homme de sa vie.

— Oui ? fit-il.

— Non rien, ton contact me fait du bien, lui expliqua-t-elle. C'est comme un havre de paix au milieu de toute cette horreur.

— Oui, c'est ce que j'éprouve également. Un peu de paix au milieu de toute cette violence. Pourtant j'aimerais que tu me parles des autres..., victimes. Savoir qui elles étaient ? Les liens entre vous ?

— Pfou ! Quoi te dire ? Nous formions une vraie bande depuis l'enfance. C'est d'ailleurs ce lien créé durant nos jeunes années qui nous a permis de nous aimer et de supporter nos différences comme nous l'avons toujours fait, du moins jusqu'à aujourd'hui ; car tu as dû t'en rendre compte nous avons les uns et les autres de sacrées personnalités. Nous n'avons évidemment pas pu empêcher que ne se créent des attirances plus ou moins sélectives selon nos sensibilités, pour l'un ou l'autre… Jusque là une très belle histoire. Que va-t-il en rester ? lui dit Olivia d'une voix douloureuse sans lui répondre directement. Excuse-moi, j'ai peur d'en parler, je n'y arrive pas, je n'ai pas envie de m'effondrer, dit-elle les yeux humides. Elle se leva. D'ailleurs il faut que j'y aille. Je dois m'isoler et réfléchir à toute cette histoire à tête reposée. Il faut avancer. Merci Hugo de ce moment passé en ta compagnie, ça m'a fait un bien fou.

— A moi aussi, lui répondit Hugo alors qu'elle partait. Olivia ?

— Oui, répondit-elle en se retournant.

— Tu es quelqu'un de magnifique et à bien des points de vue, je le pressens. C'est tellement troublant ce mélange masculin-féminin que tu dégages. Je comprends Simon.

Moi aussi je comprends Simon ! songea-t-elle mais pas pour les mêmes raisons…

Dire que c'est lui qui a présidé à notre rencontre... et que c'est sa mort qui favorise notre rapprochement.

*

* *

Après son trip dans la forêt Olivia n'avait pu s'empêcher de faire un détour par le salon. Histoire d'en vérifier l'ambiance avant de monter s'isoler. Celui-ci avait pris des allures de salle d'attente. Dispersés çà et là par petits groupes, il y avait ceux qui avaient eu leur entretien avec Bonnard et ceux qui l'attendaient...

La pièce était vaste, lumineuse, chaleureuse, mélange d'ancien et de moderne. Du lambris de chêne recouvrait le sol. Un piano à queue de couleur noire trônait dans un coin, surmonté d'un énorme bouquet de fleurs champêtres. A ses côtés, véritable anachronisme au regard de la pièce deux immenses canapés en cuir d'un rouge vif pétant se faisaient face. Et deux bergères couleur gris perle les accompagnaient. Le tout encadrait une immense table en laque noire qui harmonisait le coin au piano. L'ensemble formait un espace confortable et convivial.

C'est là, adossée au piano, que Lorraine réussit à alpaguer Olivia pour le plaisir de menus papotages à voix feutrée.

— Incroyable, lui fit-elle, ce que tu m'as révélé concernant Valentine.

— Tu veux dire par rapport au fait qu'elle ait été amoureuse de Seb ?

— Oui ça me heurte et je ne peux m'empêcher de penser à Thomas, c'est quand même son fiancé. Que devient-il dans tout ça ?

— Ne t'en fais pas pour lui, rétorqua Olivia, ni pour elle d'ailleurs. Puisqu'ils restent ensemble c'est bien qu'ils y trouvent leur compte. Ils sont du même milieu, partagent les mêmes valeurs. Ils vont faire un mariage raisonné basé sur l'estime et l'amitié ni pire, ni meilleur qu'un autre. Il paraît même que ce sont les unions les plus solides…

— Mais que fais-tu de l'amour et du désir dans tout ça ? s'exclama Lorraine.

— Mais enfin Lorraine, tu la vois notre Valentine en amoureuse éperdue de désir ?

— Non pas vraiment, c'est vrai. Et pourtant elle a bien dû l'être de Sébastien.

— Oui mais coincée comme elle l'est, ce n'est pas par hasard si elle a été amoureuse de quelqu'un d'inaccessible comme Seb. Ça lui a permis de fantasmer sur cette relation et donc sur l'Amour avec un grand A, tout en lui évitant d'avoir à en vivre une réalité sans doute trop confrontante pour elle. C'est le principe de la sublimation.

— Et Thomas dans tout ça ?

— Il composera comme bien des hommes. Une femme respectable et respectée à la maison à laquelle il sera attachée et des petites privautés à l'extérieur. Et tout ira pour le mieux. Crois-moi, ils vont bien ensemble.

— On dirait que tu les comprends. Ce n'est pourtant pas ton style. Tu voudrais vivre comme ça ?

— Tu m'as bien regardé Lorraine ? s'exclama Olivia. Le mien de mec, il a intérêt à s'accrocher, ça risque de déménager pour lui.

Elles s'esclaffèrent, puis soudain confuses jetèrent un regard gêné vers le fond de la pièce. Olivia en profita pour s'éclipser.

D'anciennes étagères au charme suranné couraient sur le mur du fond du salon, surchargées d'un véritable bric-à-brac de vieux bouquins, de revues, de polars. Une superbe méridienne et un vieux fauteuil en cuir délimitaient ce coin bibliothèque. Allongée sur la méridienne, Axelle feuilletait une revue. Elle venait d'être rejointe par Céline qui, désireuse d'entamer une conversation avec elle, rapprocha le fauteuil de la méridienne et s'y assis.

— Alors dis-moi Axelle, comme ça, tu connaissais Sébastien ?

— Oui.

— Quel curieux hasard ! lui fit remarquer Céline. Et comment as-tu fait sa connaissance ?

— Comme je te le disais son père et le mien étaient en relation d'affaires.

— Ah ! oui c'est vrai, tu me l'as dit durant le rallye. Et de quel style d'affaires s'agissait-il ? lui demanda Céline d'une voix prudente.

— Ils étaient marchands de biens : ils achetaient, restauraient, vendaient des biens immobiliers. Je ne saurai même pas te dire pourquoi ils ont cessé de travailler ensemble...

— Drôle de coïncidence tout de même de te retrouver dans ce rallye, cause de la mort de mon fiancé, non ? souligna Céline.

— Que veux-tu dire ? fit Axelle interloquée.

— Rien de plus que ce que je dis, que c'est un drôle de hasard, insinua-t-elle.

— N'y vois là qu'une coïncidence de la vie et rien d'autre, se défendit Axelle.

— Alors explique moi pourquoi il ne m'a jamais parlé de toi ?

— Axelle tiqua : Sans doute parce que ça date et que j'étais ado à l'époque. Pour le souvenir qu'il a dû garder de moi...

— Tu veux dire que tu ne l'as jamais revu depuis ?

— Axelle éluda la question : Ce n'est que lorsque vous avez mentionné son nom que ça a fait tilt et que je me suis souvenu de lui.

— Tu ne m'enlèveras pas de l'idée que tout ça n'est pas clair et que ça demande à être approfondi, insista Céline.

— Ecoute-moi Céline, je comprends ton chagrin et crois bien que je le respecte mais pourquoi t'acharner à chercher des choses qui ne sont pas ?

— Pourquoi ? Tu oses me demandes pourquoi ? s'écria Céline en pétant un câble, je te rappelle, au cas où tu l'aurais oublié que l'homme de ma vie vient de se faire rétamer ! Et je n'aurai de cesse avant d'avoir retrouvé ses assassins, continua-t-elle d'un ton menaçant en se levant. Tu m'entends ! J'irai jusqu'au bout ! A bon entendeur salut !

Puis, telle une Némésis elle sortit du salon, véritable incarnation de la vengeance la plus implacable. Axelle en eut froid dans le dos.

Elle jeta alors un regard vers Xavier et Thomas non loin d'elle, histoire de vérifier s'ils avaient suivi cette conversation. Mais apparemment ils étaient lancés dans une grande discussion avec des airs de comploteurs.

En fait, ils parlaient tout bonnement d'anciennes revues que Xavier avait récupérées dans un vide-grenier des environs et dans lesquelles se trouvaient les tout premiers Lui. Ces magazines de l'homme moderne où comme chacun sait se trouvent exhibées les charmes de bimbos en mal de notoriété. Si Olivia avait été de la partie elle aurait été fière de la justesse de son analyse, car Thomas était en train d'en marchander le prix pour les récupérer à l'insu de Valentine, ça va de soit !

Non loin d'eux, se trouvait une table de jeu marquetée à l'ancienne entourée de quatre chaises. C'est là que se tenait Phil en train d'écrire.

Granger qui venait de pénétrer dans le salon s'en approcha et lui confia Vincent :

— Le commissaire Feuillates souhaiterait que vous vous occupiez de lui, il a fait... un genre de crise de nerfs.

Xavier et Thomas s'approchèrent.

— Qu'est-ce qui t'arrives mon pauvre vieux ? lui demandèrent-ils à leur tour.

— Je ne sais pas. Je ne comprends pas. J'ai cru que je devenais fou. J'ai failli tabasser le commissaire Bonnard, dit-il éclatant en sanglots, le corps tout secoué de tremblements.

— C'est normal qu'il craque, expliqua Phil. C'est plutôt bien, les nerfs lâchent. La tension va redescendre.

Je vais lui chercher quelque chose, dit-il en sortant de la pièce.

— Je me suis fait peur à moi-même, avoua Vincent, j'ai vraiment cru que j'allais le massacrer !

Peu de temps après Phil, de retour dans le salon, lui tendait un comprimé et un verre d'eau.

— Voilà, lui dit-il ça va te calmer, avale-ça.

— C'est pas du poison au moins ? plaisanta Vincent en avalant le comprimé.

— Bon, je vois que ça va déjà mieux, pour faire une plaisanterie d'un goût aussi douteux, rétorqua Phil, d'une voix glaciale.

— Tu peux plaisanter, gronda Xavier on n'est pas sortis de l'auberge. On est consignés. Prisonniers. On va tous finir par disjoncter.

*

* *

Olivia avait enfin réussi à regagner sa chambre. Elle restait sur les impressions ressenties en forêt, infiniment troublée de ce rapprochement avec Hugo et du bien-être éprouvé. La promesse d'une terre sécurisante où accoster dans cet océan de haine et de malheur. Malgré cela le souvenir de la nuit précédente refit surface à la vue de sa chambre et de son lit laissés en l'état. Plutôt que de se laisser regagner par le spleen, elle entreprit de tout ranger, de mettre de l'ordre autour d'elle. Cela lui semblait être les prémisses symboliques nécessaires au recadrage qu'elle avait envie d'effectuer mentalement.

Une fois tout réorganisé, elle s'assit sur son lit le dos au mur calé par un coussin, un carnet de notes et la carte d'état-major de Bonnard sur les genoux.

Elle pouvait commencer…

Il y a six victimes. Elle nota leurs noms sur son carnet par ordre chronologique :

Marc généalogiste à Voiron, marié, femme enceinte de 6 mois. Plus particulièrement lié au couple Lalenchère : Lorraine-Romain

1) *Bertrand antiquaire à Grenoble, marié, des jumeaux. Plus particulièrement lié à Xavier*

2) *Simon architecte d'intérieur à Paris, homo en couple avec Hugo. Plus particulièrement lié à Olivia, Phil, Lorraine-Romain*

3) *François avocat à Grenoble, célibataire, lien avec tous*

4) *Sébastien notaire à Grenoble, fiancé de Céline. Liens avec Axelle la fiancée de Phil ? Liens plus particuliers avec Valentine (secrètement amoureuse de lui)*

5) **Edouard prof de fac à Paris, vit à Voiron, célibataire, chouchou de ces dames. Mort à la place d'Olivia**

La sixième aurait dû être moi. Elle nota son nom à la suite :

Olivia commissaire de police à Paris, célibataire. Plus particulièrement liée à Phil, Céline, Simon

Mais quel point en commun avons-nous ?
Je ne vois vraiment pas…

Point commun ? nota-t-elle en gros.

Il y a huit suspects possibles :

1) **Vincent**, *1ᵉʳ relais du rallye*, *kiné à Grenoble, fiancé à Agnès. Aurait eu le temps de tuer les différentes victimes. (comportement étrange durant le rallye). Motif ?*
2) **Agnès**, *orthopédiste à Grenoble, fiancée de Vincent. Pièce rapportée du groupe. Aurait eu la possibilité et le temps de tuer. Motif ??*
3) **Valentine, *2ème relais du rallye***, *travaille à la mairie de Grenoble, fiancée de Thomas. Aurait eu le temps de tuer les victimes. Motif ? (a toujours eu des vues sur Sébastien le fiancé de Céline sa meilleure amie)*
4) ***Thomas***, *juriste d'entreprise à Grenoble, fiancé de Valentine, pièce rapportée du groupe. Aurait eu le temps de tuer. Motif ?? (dépit amoureux)*
5) **Edouard, *3ème relais du rallye***, *prof de fac vit à Voiron, célibataire. Aurait le temps de tuer avant de se faire tuer lui-même par erreur. (mort à la place d'Olivia). Motif ??*

6) **Lorraine,** *femme au foyer, vit à Voiron, mariée à Romain, hôtesse du rallye. Aurait eu le temps de tuer. Motif ??*

7) **Romain**, *chef d'entreprise à Grenoble vit à Voiron, marié à Lorraine. Aurait pu tuer. Motif ???*

8) **Hugo,** *commissaire priseur à Paris, petit ami de Simon une des victimes. Aurait pu tuer, mais a des témoins. Témoins à vérifier ? Motifs ??? (inconnu au bataillon)*

9) et **Marc** *?* ajouta-t-elle, donc *neuf suspects ?*

Marc, assassiné en début de parcours : assassin présumé ou simple courrier ? Cela pose la question du nombre d'assassins. L'assassin agit-il seul ou est-il accompagné ?

Combien d'assassins ? nota-t-elle.

Bon je n'y arriverai pas comme ça !

Punition écrivit-elle. S'il y a punition, c'est donc contre un méfait ou un préjudice commis, du moins dans la tête de l'assassin.

Méfait commun ? Préjudice ? nota-t-elle

S'il y a méfait ou préjudice commun, pourquoi alors nous tuer de façon différente ?

Différences des mises à mort nota-t-elle.

Différences des méfaits ou alors des degrés dans l'importance du méfait ?

Degré dans le méfait ? nota-t-elle.

Pourquoi avoir différé ma mort ?

Mort Olivia ? nota-t-elle.

Pourquoi n'ai-je pas trouvé la mort au milieu des autres ? Pourquoi n'ai-je pas été point relais comme les autres victimes ?

Mort Olivia en différé nota-t-elle.

Est-ce l'envie de me torturer moralement avant ? Mais pourquoi ?

Torture morale Olivia avant sa mise à mort ? nota-t-elle.

Culpabilisation Olivia ?

Pourquoi le choix d'un tel poison me concernant ?

L'arsenic = mort lente dans d'atroces souffrances en plusieurs heures nota-t-elle.

La mort n'était-elle pas suffisante pour moi pour qu'en plus il me faille souffrir atrocement ?

Torture physique Olivia ?

Pourquoi avoir eu envie de culpabiliser l'équipage ?

Culpabilisation de l'équipage nota-t-elle.

Le choix de l'équipage a été capital pour mener à bien ce rallye (course contre la montre, élucidation des énigmes) il fallait donc, pensa-t-elle en écrivant : Une cohérence de l'équipage

Xavier : spécialiste du Vercors

Phil médecin : constat décès des victimes et évaluation de l'heure de leur mort

Olivia : commissaire de police, rassurance et prise en main du groupe

Axelle : nouvelle venue, fiancée de Phil, rôle ?

Céline :   punition ?   culpabilisation ? rôle ? nota-t-elle

La Promo 94, nota-t-elle

Pourquoi cela m'a-t-il fait tilt quand Phil a parlé de « calvaire et de parallèles des anciens et des modernes » ?

Parallèles des anciens et des modernes ? nota-t-elle.

Calvaire ? Pour qui ? Pour quoi ?

Puis elle regarda la carte routière et nota :

Circuit parcouru par le ou les assassins = 13 kms soit 13 min

Chaque meurtre commis en 10 min environ - soit pour l'ensemble : 5 x 10 = 50 min

Total du temps nécessaire pour les meurtriers = 63 min soit 1 heure !

Circuit parcouru par notre équipage = 100 kms soit 90 min

Chaque meurtre retrouvé en 30 min environ soit pour l'ensemble : 5x 30 = 150 min

Total du temps nécessaire pour l'équipage = 240 min soit 4 heures !

Premier assassinat commis aux alentours des 10 heures

Dernier assassinat commis vers les… ? à vérifier après autopsie

Démarrage de l'équipage : 10 heures
Découverte du premier corps par
l'équipage aux environs des 10h 20

Le rallye est un trompe-l'œil songea-t-elle. Les cartes semblent avoir été faussées et distribuées pour nous leurrer.

Trompe-l'œil ? Cartes faussées ? nota-t-elle.

Pourquoi le mot fantôme m'a-t-il fait cet effet-là quand Bonnard l'a prononcé ?

Fantôme ? nota-t-elle.

Elle se sentait si fatiguée, si lasse. Ses paupières pesaient une tonne. Sa tête était comme embrumée. Il faut que je change de point de vue songea t-elle, je tourne en rond. Elle décida de fermer les yeux, deux minutes…

Elle courait, courait après l'assassin tout de noir vêtu. Elle ne voyait que son dos mais l'entendait respirer bruyamment. Le sol était une immense horloge. L'assassin remontait le temps. Et dans sa course passait d'une minute à l'autre. Elle le suivait. La course était longue. Une course contre la montre ! La montre les freinait. Mais elle se sentait galvanisée. Des ailes au pied. Et rattrapait le temps perdu. Elle gagnait du terrain. Elle était désormais sûre de sa victoire. Elle allait l'avoir ! Mais pourquoi le suivre ? Elle décida de couper court et traversa la montre ! Elle fit un bond énorme dans le temps à travers l'horloge, et tel un guépard lui retomba sur le dos, le plaquant au sol.

Et se réveilla au moment où elle allait lui enlever sa cagoule…

Elle mit un moment à reprendre ses esprits tant son rêve lui avait paru réel. Elle en était encore toute remuée. Bizarre de faire ce rêve à nouveau se dit-elle en s'ébouriffant les cheveux, ce qui eut le don de les faire boucler un peu plus. Qu'est-ce que ça peut bien vouloir signifier ?

— Oh mon Dieu ! 13 heures tout le monde doit m'attendre pour déjeuner, se dit-elle en sautant hors du lit, laissant les docs abandonnés sur celui-ci…

*

* *

— Tiens v'la la chef…, dis donc il t'en faut du temps pour te rendre présentable.

— Dis-moi Olivia, tu veux te faire désirer ou quoi ?

Les astuces fusaient, comme si rien de grave n'avait eu lieu. Cela lui fit du bien et la replongea avec nostalgie dans leur passé commun constitué de plein de ces petits moments de bonheur partagés.

— Je piquais un petit roupillon dans ma chambre, répondit-elle d'un ton volontairement léger pour se mettre en phase avec eux.

— Viens vite t'asseoir, l'invita Lorraine, on t'a gardé une place au chaud à côté de Phil.

— Où sont donc passés Bonnard et Granger ? demanda-t-elle.

— Ils sont dans le bureau, en train de déjeuner, lui répondit Lorraine.

— J'aimerais savoir lequel d'entre vous n'a pas encore eu d'entretien avec le commissaire Bonnard ? demanda-t-elle au groupe.

— Pour le moment, aucun des membres de l'équipage n'en a eu, lui répondit Phil.

— Ni moi, dit Agnès.

— Moi non plus, fit Thomas

— Sommes-nous tous obligés d'en avoir un ? lui demanda Céline.

— Je ne peux pas te répondre. C'est le commissaire Bonnard qui décide. Nous sommes à sa disposition dans le cadre de cette enquête. Il a besoin d'un maximum de témoignages pour établir une cohérence entre nos différents récits et pouvoir se donner de nouvelles pistes de recherches.

Elle s'en voulut de ne pas arriver à être plus amicale. Mais elle avait de nouveau endossé sa casquette de flic et les observaient. Elle croyait les connaître. Mais qui étaient-ils vraiment ? Qui se cachait derrière ces visages apparemment si familiers. Leurs apparences cadraient-elles bien avec leur réalité ? Tout en continuant son observation elle s'aperçut alors de la réalité de leurs relations. Celles-ci s'étaient en grande partie construites autour des représentations qu'ils s'étaient faites les uns des autres et appropriées comme vérité depuis l'enfance. Elle réalisa alors de quoi était constitué leur groupe : de parfaits étrangers reliés affectivement...

A la fois familiers et inconnus. Ça lui fit un choc.

Lorraine apporta une daube accompagnée d'un gratin dauphinois. Et chacun s'essaya à détendre l'atmosphère de son propos anodin.

— Elle est super ta daube Lorraine, dit Thomas, j'adore ça !

— C'est son gratin dauphinois qui est toujours extra, s'exclama Valentine. Un des meilleurs du Dauphiné !

— J'ai une épouse parfaite, la complimenta Romain, mais tout le monde le sait bien.

— J'aimerai savoir faire la cuisine aussi bien que toi, avoua Agnès.

— Qui veut encore de ma daube ? proposa Lorraine. Il en reste plein.

— La spécialité de Simon, fit Hugo, c'était les navarins d'agneau à la crème avec des pâtes fraîches. Un vrai régal ! Je n'ai jamais réussi à en trouver de meilleurs que les siens. Mais ce n'était pas sa seule spécialité, il était très inventif en cuisine et était toujours prêt à tester de nouveaux goûts…

Il y eut un silence gêné. Chacun piqua le nez dans son assiette. Axelle s'agita mal à l'aise, regarda le groupe puis se décida à leur avouer la raison de son malaise :

— Il y a dans ce groupe quelque chose qui me fait vraiment flipper. A part toi Hugo, j'ai remarqué que personne ici ne parle de ses morts. Vous faites tous comme s'ils n'avaient jamais été dans votre vie. Par exemple…, celui que nous avons retrouvé aux Barraques, François je crois, je ne le connaissais pas. Et bien personne ne m'en parle. Motus et bouche cousue. C'est comme s'il n'avait jamais existé. Pourtant c'était votre ami. C'est incroyable.

A ces mots, Céline la regarda les yeux brillants d'intensité et lui dit :

— Je suis d'accord avec toi ! Non seulement plus personne ne me parle de Sébastien, désormais classé aux abonnés absents, mais en plus on me traite avec tous les égards dus à une malade. Rien, pas un mot, comme si lui et moi on était désormais liés par sa mort et condamnés au silence. C'est insupportable, fit-elle d'un air de profond reproche et avec toute la force de son amertume.

— C'est pas parce qu'on n'en parle pas, maugréa Xavier, qu'on les garde pas dans notre cœur. Chacun sa pudeur.

— Qu'est-ce qui t'autorise à dire, demanda Phil étonné de la réaction de sa fiancée, que nous faisons comme s'ils n'avaient jamais été dans notre vie ?

— Vous ne les nommez plus, dit Axelle. Autour de cette table il n'y a qu'Hugo pour avoir un comportement normal vis à vis de *son* mort. Il en parle. Et du coup ça le rend vivant. C'est comme si Simon avait encore le droit d'être parmi nous.

— De toutes façons je le sens présent, confirma Hugo. Il est là avec moi.

— Il faut être croyant pour ça, dit Lorraine.

— Pas du tout je ne suis pas croyant, ça n'a rien à voir, rectifia Hugo. Je crois ressentir ce que tu veux dire Axelle. Tu veux parler de la capacité que nous avons à donner réalité ou non à ceux qui sont morts et qui nous ont été chers. Et ce faisant, de continuer à les rendre présents. En ce sens le cœur est le plus vivant des tombeaux.

— C'est tout à fait ça ! lui confirma Axelle, ravie qu'il l'ait comprise. Et c'est ce que je reproche à ce groupe. De ne pas parler d'eux. Le silence qui entoure leur décès est une vraie tombe. Moi qui ne les ai pas connus, ça me permettrait de ressentir ce qui vous liait. De me faire une idée d'eux. De me les représenter vivants ! En plus je pense que cela rendrait leur décès moins insupportable. Là secret défense, on n'en parle surtout pas. Silence, on souffre. Alors on occulte et ça rend la souffrance encore plus lourde. C'est vraiment flippant.

— Ça commence à bien faire ! explosa Xavier. J'en ai marre qu'on me dise comment je dois me comporter. C'est ça qui est insupportable à la fin. Je préfère me tirer, dit-il en se levant et en quittant la pièce.

— Quelle mouche le pique d'un seul coup ? demanda Hugo étonné.

— Xavier est un hyper sensible, lui expliqua Phil, avec un cœur gros comme ça. Mais pas très doué pour tout ce qui est communication. A mon avis il souffre énormément mais supporte très mal d'en parler, ce qu'il considère comme du bla-bla. Il redoute, plus que tout, les émotions. Ce n'est pas grave, il faut le laisser. Il va revenir dans un moment, il est parti c'est sa façon de se protéger.

— Et bien moi dit Thomas, je partage l'avis de Xavier. Pas besoin de remuer tout ça, c'est plus éprouvant qu'autre chose.

— C'est vrai. C'est de l'ordre de l'intime ajouta Lorraine. Laissons les morts avec les morts, c'est déjà assez dur comme ça.

— Je ne suis pas d'accord avec toi ma chérie, fit Romain à sa femme. Je te rejoins Axelle. C'est une très bonne analyse.

— Tout à fait, intervint Phil en lançant un regard d'admiration à sa fiancée.

— Tu as raison de nous dire ça, reconnut Valentine. Il fallait que quelqu'un le fasse. Ce n'est pas qu'une question de sensibilité. Les faits sont les faits. Nous ne sommes pas du tout naturels. Nous faisons comme si. Nous tournons autour du pot. Tous !

— En tout cas c'est ce que je ressens, reprit Axelle dynamisée par leur soutien, si vous voulez que votre groupe continue de façon saine, il ne faut occulter ni cette histoire ni vos morts. Vos morts ne sont pas des *fantômes*, vous les avez aimés, laissez-leur le droit d'être parmi vous. Sinon ça pèsera, fera tâche et ressortira forcément un jour ou l'autre. Laissez-les vivre, donnez-leur donc le droit à la mémoire ! La seule chance de vous sortir au mieux de tout ça, c'est de faire face et d'arrêter les faux-semblants.

Olivia s'entendit proposer du café, elle avait les oreilles bourdonnantes et sentait la tête lui tourner. Qu'est-ce que j'ai, songea-t-elle, je me sens bouillonnante. On dirait que j'ai la fièvre.

— Je crois que je vais monter, leur dit-elle, j'ai encore besoin de repos. Je ne me sens pas très bien. A tout à l'heure…

Elle monta l'escalier quatre à quatre, se précipita dans sa chambre, ferma la porte derrière elle, s'appuya un instant contre le chambranle et s'approcha du lit. C'était comme un voile qui venait de se déchirer : elle venait de tout comprendre. Elle regarda ce qu'elle avait écrit, relut la liste des noms. Le nom de l'assassin... Elle l'avait là, sous les yeux. Elle savait qui c'était !

Elle ne voyait maintenant plus que lui. Il dansait en lettres de feu devant ses yeux. Vraiment diabolique. Ce n'est pas possible, se dit-elle en portant la main à son cœur devenu fou sous l'influence de l'émotion. Ce n'est pas possible !

Elle avait le tournis. Elle devait se tromper, ça ne pouvait pas être ça, c'était vraiment trop horrible, trop diabolique. Elle s'assit sur le lit reprit ses papiers, la carte, son crayon et refit le point. Elle entreprit de répondre, point par point, à chacune des questions qu'elle s'était posée à la lumière de ce qu'elle venait de comprendre. Tout s'éclairait enfin de façon lumineuse. Tout cadrait à la perfection. Un vrai trompe-l'œil. Impossible à démasquer. Normal que ça lui ait échappé.

Quand elle eut finit, elle tremblait comme une feuille. Elle se sentait vraiment mal et complètement seule. Elle se mit sous ses couvertures et pleura à chaudes larmes sur la fin de ses illusions, avant que de violentes nausées ne la submergent. Et que celles-ci ne l'obligent à expurger son repas, penchée au dessus de la cuvette des toilettes, à longs jets spasmodiques et violents.

Soulagée de son malaise elle se passa la tête sous le robinet. L'eau était glacée. Cela acheva de la dégriser. Sa tristesse s'en allait à vau-l'eau, comme emportée par le flux vers les canalisations et capitula pour faire place, peu à peu, à un sentiment de profonde fureur. L'envie de vengeance était si forte que des images s'imposèrent à elle. Elle se vit détruire, tuer, faire du mal en retour avec tant de jubilation que cela lui procura un sentiment proche du passage à l'acte.

Elle se redressa armée d'une détermination et d'une force nouvelles. Les mains sur le lavabo, la tête ruisselante, elle leva les yeux sur son reflet dans la glace, ne se reconnut pas. Ses traits enlaidis, déformés par la rage et la haine lui firent peur. Moi aussi je pourrai tuer, se dit-elle.

Puis, de façon solennelle, elle prononça ces mots vengeurs :

— Je t'aurai ! Parole d'une Meyrantes.

*
* *

Le commissaire Bonnard et l'inspecteur Granger finissaient leur déjeuner, l'air morose.

— Vos impressions sur cette histoire Granger ?

— Je n'ai qu'un seul mot patron : terrifiant ! Y z'ont l'air de sortir du meilleur des mondes, en direct de la bonne société dauphinoise, avec leurs têtes d'enfants de chœur et leurs manières policées. Et pourtant y'a un serial killer parmi eux, ça fait froid dans le dos.

— Non Granger, le reprit Bonnard, nous ne sommes pas en présence d'un serial killer. Ce n'est pas son mode opératoire : pas assez obsessionnel, trop de mises en scène et de modes opératoires différents. Vous voulez mon avis je penche plutôt pour un psychopathe excessivement rusé.

— Dans tous les cas un démon dans un visage d'ange, affirma Granger. J'vous le dis, j'en ai encore froid dans le dos de l'assassinat du jeune Edouard. Pour prévoir de faire souffrir quelqu'un comme ça, faut vraiment être frappa dingue. Et vous patron ? Vous commencez à vous y retrouver, à y voir plus clair, à avoir une piste ?

— Vous voulez savoir Granger ? Pas l'ombre d'une ! A part cette histoire de Marc Bazenage apportant du whisky empoisonné juste avant d'aller se faire rétamer à son tour. Ce qui paraît bien délirant… et pourrait nous faire suspecter notre belle propriétaire, je ne vois rien d'autre. Mais franchement Granger, vous la voyez la « Lalenchère » s'en allant battre la campagne pour tuer son monde. Et revenir ici faire ses gratins… Pas trop crédible comme histoire.

— C'est une petite avancée tout de même commissaire, se hasarda Granger.

— Vous vous foutez de moi, Granger ou quoi ? Plus j'avance moins j'ai l'impression d'avancer. Je ne sais pas si je n'ai pas atteint mon seuil d'incompétence.

— Que voulez-vous dire commissaire ? lui demanda Granger interloqué.

— Oh simplement ce que je dis et vis en ce moment, lui avoua Bonnard d'une voix lasse. Tous les êtres humains arrivent à un moment où ils sont face à un mur infranchissable. Un moment où ils sont dépassés.

— Pourquoi dîtes-vous ça commissaire ?

— A cause de l'âge, de la fatigue et d'une certaine désillusion de l'humanité, lui répondit Bonnard.

— Me dites pas ça à moi, s'insurgea Granger, j'ai que trente ans. J'suis au début de ma carrière, moi.

— J'étais plein de fougue à votre âge, moi aussi, soupira Bonnard. J'y croyais, j'en voulais.

— Plus maintenant ?

— Oh maintenant ! Depuis l'histoire du suicide collectif du temple solaire jamais complétement élucidé, vous n'étiez pas encore arrivé, j'ai pris un sacré coup sur la gueule. Je me suis toujours demandé si nous n'aurions pas dû approfondir certains des aspects de l'affaire et remonter plus en amont au moment de la genèse de la secte. Je vivote depuis… Vous voulez savoir Granger, j'en ai marre des cinglés, fit Bonnard l'air désabusé. Je n'ai plus qu'une envie : me mettre au vert, me retirer, vivre simplement. Je veux arriver pénard à la retraite. Tirer tranquillement ma révérence. Et cette histoire qui me tombe de nouveau sur le paletot. Ça me donne envie de leur rentrer dedans à tous, je ne les supporte plus.

— Ben alors patron ! Qu'est c'que je peux faire pour vous ? demanda Granger alarmé de voir Bonnard pour la première fois comme ça.

— Le mieux serait que vous restiez pour les entretiens, dit Bonnard d'une voix lasse. Je vous laisse mener et n'interviendrai que quand cela me paraîtra nécessaire.

— Et le commissaire Feuillates ? Elle vous est d'aucun secours ?

— Au début je l'ai cru. Elle a démarré sur les chapeaux de roue. J'étais plutôt admiratif. Puis plus rien de chez « Plus Rien » ! Remarquez faut lui reconnaître qu'elle s'est pris, elle aussi, un sacré coup sur la gueule. C'est pas tous les jours qu'on apprend qu'un de vos meilleurs amis veut vous faire la peau… Mais là quand même. Elle est aux abonnés absents. Jamais là. Elle passe le plus clair de son temps, isolée. A cogiter, soit disant. Ça me déçoit beaucoup ! Bon Granger, fit Bonnard en se ressaisissant, c'est pas tout, revenons à nos moutons, qui nous reste-t-il à voir ?

— Les deux *pièces rapportées* du rallye, fit celui-ci : Thomas Leroy le fiancé de Valentine Deschamps et Agnès Valençay la compagne de Vincent Delebarre. D'ailleurs pourquoi en étaient-ils absents ? Y nous manque aussi les témoignages des membres de l'équipage.

— Nous garderons ça pour la fin, je ne me sens pas encore prêt pour l'espace des pleurs ! reconnut Bonnard. Commençons par le jeune Thomas Leroy. Allez me le chercher Granger.

L'inspecteur sortit laissant le commissaire en proie à ses doutes, et revint deux minutes plus tard accompagné de Thomas.

— Encore un intello, songea Bonnard en le voyant rentrer avec ses petites lunettes carrées, son visage plutôt fin et pointu, sa grande mèche sur le front qu'il repoussait en permanence en arrière.

— Prenez place Monsieur Leroy. Mon collègue va vous poser quelques questions, lui proposa Bonnard.

— J'espère que vous n'allez pas me maltraiter comme Vincent, s'enquit Thomas nerveux.

— Quelque chose à vous reprocher pour être autant sur la défensive Monsieur Leroy ? l'attaqua Bonnard.

— Moi pas du tout, je n'ai rien à voir avec tout ça, se défendit Thomas.

Pourtant il suintait le malaise. Ses yeux inquiets n'arrivaient pas à se fixer. Il a quelque chose à cacher celui là c'est sûr, se réjouit Bonnard.

— Commencez Granger.

— Vos noms, prénoms, âge, adresse, profession lui demanda Granger.

— Thomas Leroy 32 ans, résidant 24 allée des Lys à Grenoble, juriste d'entreprise.

— Pouvez'nous donner la raison de votre absence à ce rallye ? demanda Granger.

— J'avais un travail urgent à terminer, un dossier concernant de futurs associés. Je devais en étudier les clauses. Une affaire un peu complexe, mais nous rentrons là dans le domaine du droit de l'entreprise qui n'a rien à voir avec le sujet nous concernant, expliqua Thomas.

— Où avez-vous travaillé ? demanda Granger.

— Chez moi.

— Z'avez quelqu'un pour en témoigner ?

— Personne, reconnut-il l'un air inquiet.

On frappa à la porte. Furieux de cette interruption le commissaire Bonnard gueula plus qu'il ne répondit : Entrez !

La tête d'Olivia parut dans l'entrebâillement augmentant encore l'irritabilité de Bonnard.

— Que voulez-vous Feuillates ? demanda-t-il d'une voix rogue.

De la main elle lui fit signe d'approcher. Bonnard se leva et alla à la porte.

— Il faut que je vous parle à tous les deux, de toute urgence, dit-elle à voix basse.

— Ça ne peut pas attendre ? lui demanda Bonnard sur le même ton.

— Non pas une minute à perdre, assura-t-elle, c'est urgent.

Alerté par son ton de voix, Bonnard lui fit un signe d'assentiment et revint vers le bureau.

— Monsieur Leroy nous sommes dans l'obligation d'interrompre, s'excusa Bonnard. Nous reprendrons cette conversation passionnante le plus tôt possible, n'en doutez pas. Un petit problème à résoudre.

Il le raccompagna à la porte et fit rentrer Olivia. Elle prit le temps de s'asseoir calmement.

— Qu'y a-t-il Feuillates ? Encore un nouveau meurtre ? lança-t-il ironique.

— Je vais avoir besoin de vous dit-elle, de vous deux ! ajouta-t-elle d'une voix ferme.

Ils la regardèrent l'air interrogateur.

— Je suis en mesure de vous dire qui est l'assassin !

Penchés en avant, coudes sur les genoux, cela faisait maintenant une bonne demi heure que le trio chuchotait. Un spectateur extérieur aurait pu penser qu'ils complotaient un mauvais coup. Il n'aurait pas été très loin de la vérité. Mais ce complot, à défaut d'être avouable, était on ne peut plus clarifiant…

Le commissaire Bonnard se cala en arrière dans son fauteuil, l'air soulagé.

— Je dois avouer que je vous tire mon chapeau Feuillates. Bravo ! s'exclama-t-il admiratif, vous remettez enfin une cohérence dans cette histoire complètement insensée.

— Quelle histoire ! s'exclama Granger confondu. Comment faut-il procéder maintenant ? C'pas tout d'avoir pigé. Impossible de l'arrêter sans preuves et on n'en a aucune.

— Sans compter qu'il va être difficile d'en trouver une, dit Olivia. Je doute fort que nous en retrouvions sur les lieux des crimes. Tout a été pensé dans les moindres détails. Quand aux mots tapés sur Word, ça a dû être fait anonymement d'un café Internet, si toutefois l'envie nous prenait de fouiller son disque dur personnel… Des témoins ? N'en parlons même pas, ceux qui auraient pu l'être, ce dont je suis sceptique, font partie des victimes, ajouta-t-elle.

Elle s'arrêta deux secondes, reprit son souffle puis continua :

— Le scénario nous l'avons saisi, c'est ok ! mais les preuves ? Combien de temps nous faudra-t-il pour en trouver une, si jamais nous la trouvons un jour. Je ne veux pas courir le risque. Sans compter que nous ne pouvons pas attendre, l'assassin va encore tuer.

— Allons arrêter…, s'écria Granger impétueusement.

— Olivia l'interrompit avant même qu'il ait pu prononcer son nom.

— Taisez-vous ! Ne l'appelez pas par son nom on ne sait jamais, fit-elle inquiète en regardant autour d'elle soupçonneuse. Dites *l'assassin* pour en parler. Il ne nous faut courir aucun risque.

— Faut pas tomber dans la parano, tout d'même ! rouspéta Granger.

— Il ne s'agit pas de ça, il s'agit de prudence et de procédure, lui expliqua-t-elle. Imaginons que quelqu'un passe devant le bureau, nous entende prononcer son nom et le lui fasse innocemment savoir. Vous rendez vous compte du massacre que nous avons déjà eu sur les bras ? Or, si jusque-là tout a fonctionné selon ses plans, le résultat final a foiré. L'assassin ne m'a pas tué et ne peut se le pardonner. Pour lui, c'est un échec et, soyez en sûrs, il va être sur ses gardes. D'autant plus que le voilà ligoté par un scénario imprévisible et indépendant de sa volonté car comme vous l'avez compris maintenant il ne peut plus faire marche arrière. Il ne peut se le permettre, nous le savons. Et donc, ça va être mon tour. Permettez tout de même que je prenne quelques précautions !

— Que proposez-vous ? lui demanda Bonnard.

— Le seul moyen que nous ayons à notre disposition pour coffrer l'assassin est de le prendre sur le fait, répondit elle.

— Que voulez-vous dire ? lui demanda Bonnard.

— L'obliger à se démasquer, fit-elle.

— J'veux bien mais comment ? demanda Granger.

— En lui en donnant les moyens, dit-elle en prenant des précautions oratoires afin de les préparer à ce qui allait suivre.

— Mais encore ? demanda Bonnard.

— Il faut en premier lieu, accorder à l'assassin un espace suffisant de liberté pour qu'il se sente sécurisé, fit-elle.

— En termes clairs je vous prie, insista Bonnard qui trépignait sur place.

— Il est primordial de le rassurer sur le fait de son impunité. Et donc de sa liberté d'action. En créant tout simplement une *atmosphère* propice à ça.

— Génial Feuillates et comment ? On va lui taper sur l'épaule en lui disant : c'est pas vous l'assassin ? ironisa Bonnard.

Olivia ignora l'ironie et continua.

— Ensuite, susciter son envie d'oser improviser. C'est à dire lui offrir *un lieu* sans danger potentiel.

— De mieux en mieux Feuillates, pourquoi ne pas aller le prendre par la main pendant que vous y êtes ? ironisa Bonnard.

— Et enfin lui offrir l'opportunité de pouvoir attenter à mes jours, acheva-t-elle.

— *Et enfin lui offrir l'opportunité de pouvoir attenter à mes jours* fit Bonnard en la singeant. C'est quoi ce délire ? Vous rêvez tout debout Feuillates ! Vous vous croyez où ? Dans un film ? Un feuilleton ? Un mauvais polar américain ou quoi ? C'est le seul scénario à votre disposition ? Il - n'en - est - pas - question, vous m'entendez ! ça vous suffit pas comme ça les morts ? Vous voulez que ça dérape à nouveau ? Beaucoup trop imprévisible. Hors de questions de prendre des risques inutiles, grogna Bonnard en gesticulant.

— Attendez ne vous emballez pas, rétorqua Olivia qui avait prévu sa réaction. Il nous suffit de tout construire intelligemment, pas à pas.

— Je voudrai bien voir ça, fit Bonnard sur la défensive et dubitatif.

— Nous savons déjà que l'assassin n'a plus qu'une seule personne à tuer : moi ! Nous savons également qu'il ne peut se permettre de me laisser en vie. Le voilà désarçonné et *obligé* d'*improviser*. Et c'est là que nous intervenons. C'est là que se trouve notre marge de manœuvre. Nous allons *orienter* son improvisation. La canaliser ! Pour pouvoir la maîtriser et être en mesure de démasquer publiquement ce monstre !

Son éloquence emporta les deux hommes. Ils buvaient maintenant ses paroles.

— Je doute fort que l'assassin ait encore du poison en sa possession, continua-t-elle. Il ne peut en prendre le risque au cas où vous auriez décidé d'une fouille... Mais nous allons jouer à fond la carte de la prudence. Et faire en sorte d'éliminer toute possibilité d'empoisonnement. En sortant d'ici j'irai annoncer à l'assemblée que j'ai eu l'estomac barbouillée par mon dé-jeuner. Afin de cantonner mon rôle au dîner à celui de figurante. Par contre, il me faut impé-rativement une collation si je veux tenir le coup jusqu'à ce soir. J'ai l'estomac vide, ajou-ta-t-elle avec un petit rire gêné. Mais j'y pense inspecteur Granger ne pourriez-vous pas aller me chercher du thé et des gâteaux ? En faisant croire que c'est à l'intention de votre patron. Le commissaire Bonnard me servira d'alibi. Question de crédibilité. N'est-ce pas, commis-saire, que vous aimez bien cela prendre votre thé l'après-midi ? fit-elle taquine. Je ne veux pas courir le risque d'être prise en flagrant dé-lit de gourmandise si je veux jouer les embar-ras gastriques tout à l'heure.

— Allez-y Granger nous vous attendons, fit Bonnard en riant franchement.

Dix minutes plus tard Granger était de re-tour.

— Bon reprenons ! fit Bonnard impatient.

— Pour ma sécurité, je me tiendrai en permanence en compagnie de certains des membres du groupe, jamais seule. Je resterai avec le groupe au dîner mais sans manger. Comprenez-vous mon objectif maintenant ? Voyez-vous où je veux en venir ? leur demanda Olivia.

— Dites toujours, dit Bonnard.

— Mon intention est de l'empêcher, même s'il en avait le projet, de pouvoir m'atteindre durant la journée et la soirée. Afin de l'obliger à agir quand tout le monde dormira. En fait, ne plus lui laisser que cette seule solution, on pourrait même dire *contrainte*... Que celle de venir me tuer cette nuit dans ma chambre ! finit-elle par dire d'un air triomphant aux deux policiers séduits par sa logique.

Quelques secondes de silence passèrent, pendant lesquelles chacun d'eux mesura les enjeux de ces paroles.

— Mais et nous ? intervint l'inspecteur Granger au bout d'un moment. Z'y avez pensé ? Cette nuit rebelote, Marcousi et moi on se colle la garde à tour de rôle. L'assassin le sait. Ça lui fait deux flics sur le dos. J'vois pas trop le scénario. C'est vachement dangereux pour lui !

— J'y ai pensé fit Olivia. Vous avez tout à fait raison. Il ne faut plus aucun flic apparent dans les parages, c'est évident.

— Et là aussi vous avez un plan ? lui demanda Bonnard.

— Bien sûr, imparable, je vais vous l'expliquer fit-elle d'une voix très sûre. J'ai besoin de vous messieurs, il y va vraiment de ma vie.

— Il va falloir assurer, leur dit Bonnard nerveux. S'agit pas de se louper Feuillates, sinon c'est l'assassin qui ne vous loupera pas.

— Nous allons l'avoir, Bonnard affirma Olivia. C'est le moins que nous puissions faire pour ses victimes.

— Et pour vous aussi, lui suggéra Bonnard. Bon s'agit maintenant d'être tout à fait synchro par rapport à la stratégie à mettre en place.

Ils complotèrent à voix basse encore une bonne demi heure... avant de se quitter.

— Ça va aller pour vous Feuillates ? lui demanda Bonnard un brin paternaliste. Vous allez pouvoir assumer ?

— J'ai les *foies* Bonnard ! avoua-t-elle.

— Feuillates, lui affirma-t-il, les yeux dans les yeux et en lui mettant les mains sur les épaules, je serai là ! Je vous en donne ma parole de vieux briscard. Vous pouvez compter sur moi.

*
* *

Des airs assourdis de musique classique provenaient du salon.

Olivia rejoignit le groupe qui s'était rassemblé autour des canapés rouges et discutait de la possibilité de faire une cérémonie commune et sur la manière de s'y prendre. La conversation était relativement animée.

Assis sur la méridienne devant la bibliothèque, un bouquin à la main, Hugo solitaire semblait pris dans ses pensées. Moi aussi je suis seule, songea-t-elle, quelle longue fin d'après midi en perspective...

— Le commissaire Bonnard souhaiterait t'entendre Agnès, lui annonça Olivia, il me charge de te dire qu'il t'attend d'ici cinq minutes dans le bureau. Il prend son thé pour l'instant.

— Y passent leur temps à bouffer ces deux là, grommela Vincent.

-Dis-moi Olivia, tu es restée super longtemps avec eux, lui fit remarquer Axelle. Du nouveau ?

Tous les yeux s'étaient braqués sur elle.

— Pas grand-chose. En tout cas, de ce qu'ils avaient envie de me dire. Pourtant fit-elle, l'air d'hésiter, j'ai l'impression qu'ils sont sur une piste. Ils semblaient assez sûrs d'eux. Je l'ai senti.

— Mais qu'est-ce qu'ils pouvaient bien te vouloir tout ce temps-là ? lui demanda Valentine.

— Pfou souffla Olivia, on a repris le rallye depuis le début pour voir ce que j'avais pu noter de particulier. Ce dont je leur ai fait part bien évidemment. Rien de plus, rien de moins. On aurait entendu une mouche voler.

— Ah bon, et sur quelle piste sont-ils ? demanda Phil.

— Je n'en sais rien. J'imagine qu'ils ont des soupçons par rapport à l'un de nous. Ils n'ont rien voulu me dire.

Olivia s'assit non loin d'Hugo et les observa sortir de la pièce à tour de rôle pour aller effectuer leur entretien avec les deux policiers. Continuer le processus amorcé - comme si de rien n'était - avait été le stratagème adopté pour leur donner le change. Et éviter ainsi que l'un d'eux ne puisse s'apercevoir du coup monté.

Au bout d'un moment, Olivia s'approcha de Lorraine et déclara :

— Je ne sais pas ce que j'ai. Je me sens toute barbouillée. Sans doute une indigestion. Ça doit être le gratin… Ne prévois surtout rien à manger pour moi Lorraine, ce soir je me mets à la diète. Mais, rassure-toi, je resterai des vôtres bien sûr, dit-elle avec un petit rire.

— Tu n'es pas malade au moins ? s'inquiéta Lorraine.

— Non, je t'assure. J'ai juste un peu trop mangé. Il en faut plus pour m'abattre, lança-t-elle volontairement provocante.

— Qu'as-tu ? lui murmura Hugo qui s'était levé pour la rejoindre.

— Que veux-tu dire ?

— Je ne te sens pas dans ton état normal.

— Je ne comprends pas.

— Je te sens nerveuse, tendue, aux aguets comme si tu attendais quelque chose.

— Ça doit être la fatigue, dit-elle inquiète de sa pénétration à son égard toute en finesse et en sagacité. Décidément, ça se confirme, il me capte bien, songea-t-elle.

C'est à ce moment précis que le commissaire Bonnard et l'inspecteur Granger pénétrèrent dans la pièce. Ils s'arrêtèrent au milieu du salon et le commissaire Bonnard déclara d'une voix forte :

— Madame Lorraine Lalenchère, compte tenu des charges qui pèsent contre vous dans l'affaire d'assassinat sur les personnes de Marc Bazenage, Bertrand Ravel, Simon Le Doledec, François Vergnaud, Sébastien Merval et Edouard Vaillant ; nous vous plaçons en garde à vue au commissariat central de Valence. Nous vous signalons que vous aurez la possibilité de faire appel à un avocat durant cette garde à vue.

A ces mots, les yeux exorbités, Lorraine qui s'était levée brutalement faillit défaillir et se retint au fauteuil pour ne pas tomber. Son mari se porta à son secours pour la soutenir.

— Vous n'avez pas le droit Messieurs, leur dit-il. Ma femme n'a rien fait.

— Mais ce n'est pas possible…, fit Hugo interrompu par Bonnard.

— Nous savons parfaitement ce que nous faisons. Ce ne sont pas les indices qui nous manquent à son encontre, lui répliqua d'une voix froide le commissaire Bonnard.

— Faites votre travail messieurs, dit-il aux deux policiers qui venaient de rentrer à leur suite dans la pièce. Et qui allèrent se placer de part et d'autre de la maîtresse des lieux.

Il s'approcha alors de Lorraine, défaite, incapable de prononcer le moindre mot, et lui passa les menottes sous les yeux ébahis de son mari.

— Pas les menottes ! s'écria Romain complètement anéanti. Puisque je vous dis qu'elle est innocente.

— Bien sûr, bien sûr. Nous n'en doutons pas un instant c'est même pour cela que nous l'arrêtons, rétorqua Bonnard d'un air goguenard.

— Olivia fais quelque chose, l'implora Romain complètement désemparé.

— Bonnard, intervint Olivia, malgré tout elle reste présumée innocente. Vous n'êtes pas obligé pour les menottes.

— C'est moi qui décide Feuillates. Quand à la présomption d'innocence…, plus pour longtemps. Vous pouvez l'emmener, dit-il aux policiers qui la saisirent chacun par un bras et l'entraînèrent hors de la pièce.

Un silence de mort régnait dans le salon. Plus personne n'osait parler ou bouger.

— Voilà une affaire rondement menée, fit Bonnard d'un air satisfait en s'adressant au groupe. Vous ne risquez plus rien, elle ne peut plus nuire. Elle est sous bonne garde. Elle sera déférée demain devant le juge Bonneuil qui statuera sur son sort.

Puis se tournant vers Olivia :

— Feuillates, notre présence dans ces lieux ne se légitime plus pour ce soir. Nous rentrons sur Valence.

— C'est vous le boss, reconnut-elle.

— Mais je vous demanderai à tous, leur précisa-t-il, de bien vouloir ne pas quitter les lieux et rester à notre disposition jusqu'à demain matin. Il nous faut terminer toutes les dépositions et les signer. Des formalités purement administratives mais néanmoins obligatoires. J'en ai ma claque pour ce soir. Je serai là à huit heures demain matin. Je pense tout boucler avant la fin de la matinée. Ensuite, nous serons quittes. Mesdames, Messieurs, dit-il d'un ton péremptoire au groupe médusé en tirant sa révérence.

A présent, me voilà seule en scène pensa Olivia. A moi de jouer. Romain s'était assis les épaules voûtées. Il avait l'air d'avoir vieilli de dix ans.

— Lorraine, Lorraine…, ça n'est pas possible, n'arrêtait-il pas de répéter hébété pendant que montait un concert d'exclamations.

— Incroyable…, commença Phil.

— C'est bien la dernière personne à laquelle j'aurai pensé, l'interrompit Axelle.

— Elle nous a bien eu, en tous cas ! murmura Xavier.

— Lorraine ? En monstre sanguinaire ? J'y crois pas, fit Valentine l'air profondément choqué.

— Je sais qu'avec les femmes on peut s'attendre à tout, mais Lorraine ? dit Vincent.

— Lorraine... Ce n'est pas possible ! Qu'on m'explique. J'ai besoin de comprendre. Pourquoi aurait-elle tué Sébastien ? demanda Céline interloquée. Il ne lui avait rien fait. Qu'est-ce qui a bien pu mettre la police sur la piste de Lorraine ? Ils ont des preuves d'abord ? Et lesquelles ?

— Nous n'aurons pas de réponses à nos questions ce soir je le crains, l'interrompit rapidement Olivia inquiète de voir la tournure que prenaient ses questions. Je comprends que ce soit un choc pour vous. Mais je ne crois pas le commissaire Bonnard capable d'agir à la légère. C'est un vieux routier. Il m'a paru très sûr de lui au regard de ses entretiens avec elle. Apparemment, elle se serait fait piéger malgré elle… Pour plus d'explications il nous faudra attendre demain. Pour le moment, je vous propose de nous détendre tous un peu.

— Mais et toi Olivia ? Tu la penses coupable ? lui demanda Phil.

— J'avoue que certains indices sont vraiment confondants, dit-elle rapidement avec un regard vers Romain.

— Ce n'est pas elle la meurtrière, lui glissa Hugo à l'oreille juste derrière elle. Il faut le dire au groupe que c'est une erreur judiciaire. On ne peut pas laisser Romain dans cet état.

— Pourquoi dis-tu ça Hugo ? lui chuchota Olivia en se retournant vivement.

— L'assassin est encore là, lui confia-t-il. Je peux le prouver. Je vais l'annoncer aux autres. Il est impératif qu'on continue à se protéger.

Olivia sentit ses pulsations cardiaques s'envoler. Elle prit Hugo par le bras et l'éloigna du groupe en pleine discussion autour de Romain.

— Que veux-tu dire Hugo par le fait que tu en as la preuve ?

— Que Lorraine n'aurait jamais tué Simon.

— Et pourquoi donc ? lui demanda-t-elle.

— Tout simplement parce que Simon était en passe de conclure un marché avec elle, ils allaient s'associer.

— Quoi ? faillit crier Olivia. Qu'est-ce que tu dis là ?

— L'exacte vérité. Ils étaient sur un projet de commercialisation de produits régionaux. Et, entre autres, des confitures artisanales faites par Lorraine. Ces produits auraient été mis en vente au gîte de la Drôme tenu par sa maman. Et il se proposait d'être son intermédiaire auprès d'un tas d'autres hôteliers-restaurateurs, de ses amis sur Paris et ailleurs. Elle aurait été sa sous-traitante. Ils allaient signer un contrat en bonne et due forme pour officialiser la chose. Lorraine était folle de joie. Ils devaient profiter de ce séjour pour contractualiser. Tu crois vraiment qu'on a envie de tuer la personne qui t'offre une telle opportunité ? lui demanda-t-il.

Olivia était sûre qu'à présent son cœur était devenu sonore.

— Quelqu'un d'autre est-il au courant ? demanda-t-elle.

— Non personne, elle voulait en faire la surprise à son mari.

— Es-tu sûr de ce projet ? demanda Olivia.

— Oui quand je suis arrivé samedi nous avons parlé de cela, entre autres. Elle m'a avoué qu'elle avait déjà passé commande de tout le matériel. Elle voyait grand. Elle m'a montré les prospectus. Les étiquettes prévues. M'a parlé d'autres artisans potentiels rencontrés qui pourraient rentrer dans le circuit. Elle était rayonnante. Tu comprends mieux pourquoi je suis sûre que ce n'est pas elle ? Et pourquoi il est important de prévenir tout le monde que l'assassin se trouve encore parmi nous ?

— Je t'en supplie Hugo - au nom de l'amour qui te liait à Simon - n'en fais rien. Tu veux vraiment que son assassin soit arrêté ?

— Oui, mais le vrai. Pas un innocent !

— Alors suis-moi, j'ai des choses à te dire…

*

* *

Ils marchaient maintenant en forêt.

— Si tu dévoiles ce que tu sais au groupe, tu vas nous mettre en danger, lui dit Olivia.

— Qu'est ce que tu veux dire ?

— Tu vas saborder notre projet, lui fit Olivia encore hésitante.

— Votre projet ? Mais de quel projet parles-tu Olivia ?

Elle hésitait encore, pesait le pour et le contre. Pouvait-elle vraiment lui faire confiance ? De toute façon - risque pour risque - je n'ai pas le choix, se décida-t-elle.

— Ce que je vais te révéler est de la plus extrême importance. Il y va de ma vie, Hugo.

Interloqué par le ton solennel d'Olivia, Hugo s'arrêta de marcher et lui fit face.

— Olivia puisque tu invoquais Simon tout à l'heure, en son nom…, je t'en donne ma parole…, tu peux avoir toute confiance en moi, lui promit-il, lui aussi avec émotion et solennité.

— En fait l'arrestation de Lorraine n'est qu'une mascarade montée de toutes pièces par nos soins.

— Eh bien ! Tu m'en diras tant. Je préfère ça, souffla Hugo. Tu me rassures. Dis moi, il joue sacrément bien la comédie ton commissaire. Impressionnant.

— Oui. Je l'ai trouvé excellent, dit-elle en souriant.

— Mais alors, c'est une chausse-trappe ? demanda Hugo.

— Exactement Hugo, un piège pour faire tomber le vrai coupable.

— Et qui est ?

— Motus. Je préfère garder le mystère. Moins tu en sauras, mieux ce sera. Je ne veux pas courir le risque qu'à ton insu ton attitude te trahisse et ne mette la puce à l'oreille de l'assassin. Soupçonné, il pourrait devenir incontrôlable.

— Et tu espères quoi de tout ça ?

— Pouvoir l'attirer dans ma chambre cette nuit.

— Dans ta chambre ! Mais pour quoi faire ? fit-il les yeux écarquillés.

Elle se mit à rire devant son expression estomaquée.

— Mais pour qu'il me tue bien sûr ! dit-elle.

— Mais tu es folle ou quoi ? se récria Hugo affolé en lui saisissant les mains. C'est quelqu'un d'éminemment dangereux. Il ne faut pas jouer avec ça, c'est trop risqué.

— Je le sais, dit-elle. Mais c'est le seul moyen que nous ayons trouvé pour le démasquer.

— Si je comprends bien la police est sur le coup. Elle va donc revenir ?

— Elle va revenir rassure-toi, mais en douce. Je n'ai aucune envie de mourir à mon tour, se récria Olivia avec un petit rire nerveux. Juste celle de prendre l'assassin en flagrant délit afin de le coffrer une fois pour toutes.

— Ça me stresse ton histoire. Dis-moi, que puis je faire moi pour toi ?

— Déjà ne rien dire. Jouer le jeu, détendre l'atmosphère. Faire en sorte de mettre tout le monde en confiance. Et puis aller dormir !

— Impossible, se récria Hugo.

— Il le faudra Hugo, l'assassin doit pouvoir être rassuré sur le fait que chacun dorme bien, pour se sentir libre d'agir.

— Et tu crois qu'il viendra ? demanda-t-il.

— Sûre ! Avant la nuit dernière, nous ne fermions *jamais* nos portes à clef ici. Tu m'entends, *jamais* ! C'était une convention tacite entre nous, ambiance potache oblige ! Nous étions comme en famille. L'assassin le sait. D'où l'importance d'un climat bon enfant où chacun doit se sortir de la crainte de l'autre. Comprends-tu mieux maintenant, Hugo, ta responsabilité ?

*

* *

Elle retrouva Romain dans le bureau. Seul. Effondré et très profondément atteint. Il venait de téléphoner à un de ses amis avocats.

— Romain je voulais te dire…, commença Olivia.

— Ce n'est pas possible que ce soit Lorraine, l'interrompit-il survolté. Puisque je dis que ce n'est pas possible, est-ce que quelqu'un veut bien m'écouter à la fin ? dit-il avec véhémence en se mettant à marcher de long en large.

— Romain, écoute-moi…

— Je n'y comprends plus rien, nous devions partir cet été chercher un enfant au Cambodge. Nous sommes en relation avec la directrice responsable des congrégations des Petites Sœurs de la Charité qui recueille des enfants en détresse. Notre dossier est en passe d'être finalisé… Elle devait nous mettre en relation avec un des centres…

— Félicitations ! Je n'étais pas au courant ! Quelle bonne nouvelle ! s'exclama Olivia avec un grand sourire, sincèrement ravie pour ses amis.

— Évidemment tu ne pouvais pas l'être. Nous avions tenues secrètes toutes nos démarches et comptions vous informer de la bonne nouvelle ce week-end. Mais avec toutes ces catastrophes…, difficile de passer l'info. Et maintenant tu vois où nous en sommes. Lorraine est accusée de meurtre, fit-il en se rasseyant anéanti.

— Justement je voulais te dire…

— Tu comprends bien qu'il y a quelque chose qui cloche !? reprit-il en se remettant à marcher. Une future mère ne ferait jamais un truc comme ça. Et surtout pas ma Lorraine ! Je déteste tous ces flics. Ils vont entendre parler de moi, tu peux me croire. Je viens de téléphoner à Maître Duval, il veut bien s'occuper de Lorraine. Quel gros prétentieux ce Bonnard. D'ailleurs Bonnard ça rime avec connard ! Je hais ce type ! dit-il furieux. Non seulement ce n'est pas vrai, ajouta-t-il, mais en plus, le temps qu'on prouve son innocence, notre dossier va être compromis. Et rebelote il faudra tout recommencer !

— Je te garantis que non ! s'écria Olivia avec force pour arrêter son laïus.

— Comment ça non ?

— Parce que Lorraine n'est pas coupable et que Bonnard le sait très bien, lui chuchota-t-elle en se penchant vers son oreille.

— Que me dis-tu ? dit-il en se laissant tomber dans le fauteuil, sonné.

— Que Lorraine n'est pas coupable et que Bonnard le sait très bien ! lui reformula-t-elle à voix basse. Parle doucement je t'en supplie.

— C'est quoi cette histoire ? dit-il interloqué en chuchotant à son tour.

— Nous nous sommes servis de vous, expliqua-t-elle.

— Vous savez que Lorraine n'est pas coupable ? vérifia-t-il encore abasourdi.

— Bien sûr ! le rassura-t-elle.

— Mais alors pourquoi l'arrêter ?

— Pour faire place nette au véritable assassin.

— Attends…, ça va trop vite pour moi ! fit Romain l'air complètement perdu. J'ai la tête qui tourne. Un moment Lorraine est coupable, l'instant d'après elle est innocente, maintenant tu me parles du véritable assassin…, au milieu de tous ces meurtres, il y a quand même un peu de quoi perdre la tête, non ?

— Je sais, excuse-nous mais nous n'avions pas d'autres moyens, se légitima-t-elle d'un air confus.

— Pourquoi ne pas nous avoir prévenus à l'avance ? demanda-t-il d'un ton de reproche. Quelle bande d'enfoirés ! Ça nous aurait au moins empêché de souffrir pour rien.

— Par souci d'efficacité et de véracité auprès des autres.

— Mais alors Lorraine ? demanda-t-il, où se trouve-t-elle actuellement ? Tout de même pas en garde à vue ?

— Non, rassure-toi. Elle aussi doit - maintenant - avoir été mise au courant de l'arnaque. Elle est dans un fourgon de police au chemin des Valètes. Elle t'attend, affirma Olivia.

— Elle m'attend ?

— Oui, nous avons pensé qu'une nuit à l'hôtel vous ferait le plus grand bien après ce que vous venez de traverser, ajouta-t-elle en souriant. Et nous ne voulons pas prendre le risque que les autres devinent un changement d'attitude chez toi. Ne va surtout pas les voir, prends juste ta voiture, ta carte bancaire et file la rejoindre.

— Je l'ai. Ça fait bizarre j'ai l'impression de sortir d'une tornade. Merci Olivia, lui fit Romain en la serrant dans ses bras.

— Merci à toi Romain, fit-elle émue. Ce que nous avons monté là, Bonnard et moi, ce n'est pas légal. C'est une fausse arrestation. Mais nous vous avons fait confiance. Nous avons tablé sur le fait que vous seriez à même de comprendre et de pardonner, vu l'enjeu, lui expliqua Olivia.

— Mais alors l'assassin le vrai vous savez qui c'est ? chuchota Romain.

— Tout à fait, mais top secret ! Souhaite-moi bonne chance Romain. Une partie autrement plus serrée commence maintenant…

Olivia rejoignit le groupe au salon. Hugo s'y trouvait également jouant son rôle, tranquillement installé, à l'écoute des autres. Les conversations allaient bon train. Le soulagement collectif était perceptible rien qu'aux tonalités prises par les voix.

— Romain vous prie de l'excuser, il a préféré partir, leur dit-elle. Il ne sera pas avec nous cette nuit. Il préfère être seul. Il ne souhaitait pas se confronter à nous, entendre nos commentaires, ressentir notre pitié. En outre, il doit passer voir Maître Duval à Grenoble à qui il a téléphoné pour lui parler de l'affaire. Je crois que ça lui faisait du bien de se sentir actif. Il sera de retour demain matin pour huit heures. Il m'a demandé de vous souhaiter à tous, une bonne soirée.

Elle fut pleinement consciente de la détente supplémentaire que produisirent ses paroles sur les résidents du salon. Ce fut comme un nouveau souffle généralisé.

— Pauvre Romain, fit Céline.

— Il va falloir le soutenir dans cette épreuve, ajouta Phil.

— Ça me soulage qu'il ne soit pas là, avoua Xavier. C'était trop dur de le voir comme ça. Je ne savais pas quoi faire pour lui.

— Alors comme ça c'est vrai, demanda Axelle. C'est Lorraine la coupable ? Mais pourquoi aurait-elle fait ça ? C'est la dernière personne que j'aurai imaginé en assassin.

— Tu sais Axelle on n'imagine jamais ceux qui nous sont familiers sous les traits d'un assassin. Malheureusement, il va pourtant falloir nous y faire car tout la désigne. Quand à décrypter ses motivations, ce sera le rôle du juge pas le nôtre. Je peux juste vous dire qu'il semblerait y avoir de lourds antécédents psychiatriques dans sa famille, notamment des psychoses paranoïaques. Alors on peut imaginer, de sa part, un délire dans ce sens. C'est, semble-t-il, la thèse de Bonnard après recoupement de ses différents témoignages. Je ne peux rien dévoiler de plus sans trahir des secrets familiaux, ni les secrets de l'instruction. Je vous propose de nous abstenir de jouer à des suppositions qui ne pourraient être que plus fantaisistes les unes que les autres. Je vous promets des infos, dès que j'en aurai.

— J'ai beaucoup de mal à savoir que c'est elle la coupable, dit Phil. Je ne m'y fais pas. Ça me paraît tellement incompréhensible. Mais j'avoue humblement que ça me soulage de ne plus avoir à vivre dans cette suspicion généralisée qui a été notre lot ces dernières heures. Ça pourrit tout.

— Je te comprends, lui répondit Olivia. Moi aussi je me sens soulagée que Bonnard ait pu mettre un terme à cette tragédie. J'ai besoin de souffler. Pas vous ? fit-elle au groupe.

— Et si nous prenions un petit verre de vin en guise d'apéro, proposa Hugo. Nous l'avons bien mérité après tout, ça nous remettrait un peu de baume au cœur après toutes ces horreurs. Ne croyez-vous pas ?

— Bonne idée Hugo, renchérit Xavier. Je te suis. Ça nous fera du bien.

— Et toi Olivia ? Un petit verre de whisky comme d'hab ? lui demanda Phil.

— Non merci Phil, pas ce soir. Je me sens patraque.

— Et bien il faut vraiment que tu sois mal en point pour déroger à ton péché mignon.

— Bien fait pour moi, avoua-t-elle en souriant. Je paye pour ma gourmandise de ce midi.

— Et si nous allions à l'office ? proposa Axelle. Ce sera plus convivial.

— Bonne idée, renchérit Xavier.

— Tiens j'ai une idée à vous soumettre proposa Hugo, et si c'étaient les hommes qui se mettaient aux fourneaux ce soir ?

— Oh ! tu vas te calmer Hugo, grommela Vincent.

— Moi je la trouve super ton idée Hugo, fit Agnès en faisant un bisou à Vincent, j'y souscris en plein.

— Les hommes aux fourneaux… les hommes aux fourneaux… firent les femmes en chœur pour appuyer la proposition d'Hugo.

— Bon, bon, ça va, calmez-vous fit Xavier. On a compris. Il faut voter. Qui va s'y coller ? Moi je vote pour Vincent et Thomas ? suggéra-t-il.

— Dis donc toi, espèce de tire-au-flanc riposta Valentine, on a dit tous les mecs !

C'est parti, songea Olivia, l'ambiance est à la détente. Tout marche comme prévu…

Chapitre V

Traquenard

Domaine des Blâches
La nuit, du dimanche 13 au lundi 14 Juin

« Les vivants et les morts se ressemblent
s'ils tremblent
Les vivants sont des morts qui dorment
dans leurs lits
Cette nuit les vivants sont désensevelis
Et les morts réveillés tremblent
et leur ressemblent »
Louis Aragon – la nuit de Mai

Olivia n'en pouvait plus d'attendre. Elle passait en revue les différents événements de la veille. Elle en revisitait les moindres instants à la recherche d'une faille. Les aiguilles luminescentes de sa pendule marquaient trois heures quinze du matin. Et toujours personne !

L'assassin s'était-il senti menacé ? Pourtant, elle avait beau se passer et se repasser le film de la soirée, elle ne trouvait rien de dissonant, ni d'alarmant. Au contraire. Chacun avait mis la main à la pâte. Les hommes avaient œuvré sous la houlette des femmes dans une ambiance bon enfant. L'atmosphère du dîner, à défaut de franche rigolade vu le contexte, avait gagné en légèreté et en mieux être. Il faut dire qu'Hugo y avait mis du sien. Il s'était attribué le rôle de sommelier. Incitant chacun à vider son verre et veillant à le remplir au fur et à mesure. Tant et si bien qu'à la fin de la soirée, la majorité des convives étaient faits.

A part elle-même, à la diète. Et l'assassin !

Le doute s'insinuait avec force en elle. Plus le temps passait, plus elle avait l'impression d'avoir tout faux. Un vrai trou noir. Et si elle s'était trompée sur toute la ligne ? Elle se demandait si la personne qu'elle soupçonnait était effectivement la bonne ? Si elle avait eu raison de proposer cette nuit blanche à Bonnard, Granger, Marcousi et à tous les autres tapis dans l'ombre ? Si elle avait bien fait de parler de cette affaire à Hugo qui avait décidé de veiller en silence dans son lit, afin de rester alerte en cas de besoin ?

D'un seul coup elle eut peur. Et si elle s'était trompée de A à Z ?

Personne ne s'étant encore manifesté, cela n'était-il pas le signe qu'elle s'était trompée ? Qu'elle s'était racontée des histoires ? Cela ne désignait-il pas Hugo ? Et si elle s'était fait berner par ses sentiments pour lui ? Et si c'était lui l'assassin ? N'était-il pas le seul au courant de son plan ? Prévenu du danger il n'intervenait pas. Logique.

Dans son état d'extrême vulnérabilité tout vacillait : sa rationalité, sa cohérence, sa rigueur, sa raison. Elle flippa quelques interminables secondes avant de se reprendre. Non, elle ne s'était pas illusionnée, ce qu'elle avait vécu n'était pas de l'ordre du fantasme, ça ne peut pas être lui, je vire parano, se dit-elle…

A moins que l'assassin ne se soit endormi ? Dans ce cas là, pourquoi le membre de la bande qu'elle soupçonnait serait-il le seul à être resté sobre toute la soirée ? Pourquoi choisir de rester sobre si ce n'était pas dans l'intention de préserver sa lucidité, si c'était pour aller se coucher et dormir ?

Et s'ils s'étaient tous gourés sur toute la ligne ? Et si l'assassin ne se trouvait pas aux Blâches ? Et s'il se situait complètement hors-champ des différentes hypothèses et délires posés ? Et s'il ne se passait rien, quelle claque elle se prendrait dans la gueule, elle n'osait l'imaginer…

Et si Bonnard n'intervenait pas à temps ?

Son esprit fiévreux était de nouveau en proie à la ronde infernale des incertitudes et des questions. Cela faisait trois fois que ses doutes la reprenaient. Mais cette fois ci, avec encore plus de force. Plus le temps passait, plus son scepticisme augmentait et plus, paradoxalement, elle avait peur. Son angoisse prenait les allures d'une grosse boule installée au fond de sa gorge bloquant son pharynx. Elle avait du mal à déglutir, la bouche sèche. Quand à l'oppression thoracique qu'elle ressentait, celle-ci allait s'intensifiant, comme si quelqu'un avait pris place sur sa poitrine pour l'écraser de tout son poids.

Trois heures vingt ! Seulement 5 minutes de passées. Quelle folie, songea-t-elle. Comment pouvait-elle jouer, comme ça, avec sa vie ? Et cette nuit ? Quelle idée ! Une éternité qu'elle attendait comme ça dans le noir au fond de son lit, les yeux grands ouverts, qu'un assassin vienne la tuer !

Ça commence à bien faire, se dit-elle. C'est nul tout ça, j'arrête tout.

Un peu d'air frais rentrait par la porte-fenêtre entrouverte de son balcon. Elle essayait de se relier à Bonnard et à ses hommes certainement tapis à l'extérieur. Son lit faisait face à la fenêtre. Elle ne les voyait pas, n'entendait rien… Et s'ils n'étaient pas là ou partis, lassés de ses conneries ? Bon c'est décidé j'arrête tout, si l'assassin avait voulu venir, il l'aurait fait depuis longtemps.

Elle allait se lever quand elle entendit un frôlement. Il fallait vraiment avoir l'oreille aux aguets pour percevoir quelque chose. Le bruit s'était arrêté. Il reprenait maintenant. Elle en était sûre.

On y est ! songea-t-elle. Elle se morigéna. Toutes ces ruminations mentales…, alors qu'elle aurait pu se douter que cela surviendrait entre 3 et 4 heures du matin. L'heure idéale. Le moment de la nuit où chacun est censé dormir le plus profondément ! L'angoisse remonta d'un cran. Elle eut envie de fuir mais c'était trop tard ! Un sentiment de panique la submergea comme une vague qui vous emporte sans défense.

La porte s'ouvrit doucement, tout doucement. Elle n'avait même pas prévu le moindre objet de défense ! Et rien ne laissait présager que les policiers étaient bien en place. Elle se sentit aussi vulnérable qu'un bébé - exposé nu - sur sa table à langer.

Elle ferma les yeux, se glissa un peu plus sous son drap comme quelqu'un qui bouge dans son sommeil. Et attendit. Rien ne se passa, plus un bruit. Silence total. Pourtant il m'avait bien semblé... Je divague, songea-t-elle. Il n'y a personne. Je prends mes désirs

pour des réalités. Elle se força à respirer calmement. Son immobilisme lui pesait.

Ses yeux essayaient vainement de percer
l'obscurité. Jamais celle-ci ne lui avait paru
aussi dense, aussi menaçante. Elle faisait un
retour à la case enfance. En pire !

*Le noir était devenu monstrueux, terrifiant,
implacable, fou. Un noir capable de produire
et de matérialiser un monstre, un vrai, bien
réel, à même de l'engloutir, de l'anéantir. Elle
eut une suée. Le silence durait... Par rapport
au calme ambiant son tumulte intérieur lui paraissait effrayant. Elle crut entendre un glissement, un frôlement. Puis plus rien. Elle faillit demander Il y a quelqu'un ?*

Le silence durait. Elle eut l'impression que
sa raison était en train de vaciller. Je deviens
folle, c'est moi qui fantasme, se dit-elle. Il n'y
a personne. Partir. Fuir. Tout plutôt que cette
nuit sans fond, ce temps sans fin, ce noir sans
lueur. Je vais crever, songea-t-elle. Son cœur
était maintenant remonté au niveau de sa
gorge.

Claac, claac, claac , claac, claac... C'est
quoi ce bruit ?

Une nouvelle suée. Avant de comprendre
que c'était elle qui claquait des dents. Elle se
mordit la chair intérieure des joues. Et entendit
de nouveau un glissement, un glissement
presque imperceptible mais avançant sans

coup férir vers elle. Le glissement se rapprochait.

C'est alors qu'elle put percevoir le bruit infime d'une respiration. Ça respirait à quelques centimètres d'elle. En tendant les mains elle aurait pu toucher son assassin. Il était là tout proche. Il attendait. Sans bouger.

Elle faillit hurler. Son cœur battait si fort qu'elle crut qu'il allait lâcher. Elle vécut durant quelques secondes une terreur sans nom.

Et ce qu'elle avait, elle-même, programmé se produisit. Tout se précipita. D'un coup sec, l'assassin tira sur le drap et lui plaqua un oreiller sur la tête. La pression sur son visage était terrifiante. Elle paniqua, essaya de se débattre mais en vain et commença à suffoquer. Tout allait maintenant très vite dans sa tête. Elle voyait sa vie défiler à toute allure. Je vais mourir, songea-t-elle, au secours !

Elle allait abandonner, elle avait perdu, l'esprit à la dérive quand la pression se dégagea d'un seul coup. L'oreiller fut enlevé de son visage. Et elle put respirer à nouveau l'air frais de sa chambre. C'était fini !

Marcousi avait allumé la lampe de chevet. Bonnard et Granger maintenaient fermement l'assassin, chacun par un bras, encadrés de chaque côté par des policiers armes au poing.

Elle put alors voir le visage de l'assassin.

Mais surtout, subir de plein fouet, le choc de ses yeux déments chargés de haine à son égard !

Chapitre VI

Une si longue histoire...

Au petit matin, lundi 14 Juin

« Nos deux cœurs seront deux vastes
flambeaux,
Qui réfléchiront leurs doubles lumières
Dans nos deux esprits,
ces miroirs jumeaux »
Baudelaire

Les policiers étaient partis, embarquant l'assassin. Non sans avoir fait, auparavant, un stage dans la cuisine autour d'un café bien chaud après leur longue nuit de veille. Le temps de se réchauffer, de fêter l'arrestation et de se congratuler mutuellement :

« Une affaire rondement menée, Feuillates ! », l'avait félicité Bonnard, « nous vous devons une fière chandelle ».

Olivia se retrouva seule.

La surcharge émotionnelle de ces dernières heures était complètement retombée, cédant la place à une terrifiante sensation de vide intérieur. Elle était dévastée. Elle décompensa.

Assise en bout de table, la tête posée sur ses bras, elle se mit à pleurer comme une môme…, sur l'histoire, ses amis morts, l'assassin et elle-même. Elle le savait, désormais, plus rien ne serait comme avant. En une nuit son paysage intérieur avait complètement basculé. Elle avait - jusqu'à présent - toujours pris appui sur des évidences amicales et affectives rassurantes. Mais la réalité s'était chargée de la rattraper et de la confronter douloureusement. Le leurre de ses certitudes lui sauta aux yeux. Jamais elle ne s'était confrontée aussi intensément au sentiment de solitude que provoquent la trahison et l'abandon. Et à cette vérité dont elle s'était jusqu'à présent gargarisée, mais qu'en fait elle n'avait intégrée qu'intellectuellement : l'autre nous surprend toujours, on ne l'attend jamais où il est. On ne le connaît jamais !

Elle était en train d'émerger de son émotion quand elle sentit la chaleur d'une main apaisante se poser sur sa tête. A son contact elle éprouva une onde de bien-être. Sans même lever les yeux, elle sut à qui appartenait cette main.

En relevant la tête, elle vit qu'elle ne s'était pas trompée. Le contact et la vue d'Hugo lui mirent un peu de baume au cœur.

— Je te prie de m'excuser Olivia, commença-t-il d'un air confus, je pensais pouvoir résister à la fatigue mais, les effets de l'alcool aidant, je n'ai pas réussi à veiller comme je m'y étais engagé. Mais tu as pleuré ?... Ça ne s'est pas passé comme prévu ?

— Si, au contraire, tout à fait. C'est moi qui craque, le résultat du stress, répondit-elle pudiquement.

— Alors ça y est ? C'est fini ? Vous l'avez eu ?

— Oui. C'est bien fini, fit-elle d'une voix douloureuse en détournant les yeux.

— Le silence entre eux se fit éloquent… Les mots étaient superflus à ce niveau de sensibilité. Pourtant Hugo brûlait d'impatience de connaître enfin la vérité. Mais vu l'état d'Olivia, il se fit violence. Il la sentait excessivement ébranlée et vulnérable. Il eut peur qu'elle ne s'effondre à nouveau. Touché par ce qu'elle dégageait, il tint ses questions sous le boisseau et attendit qu'elle prenne l'initiative du compte-rendu des événements de la nuit.

Au bout de quelques secondes elle lui demanda, le regard sombre :

— Ça dort toujours là haut ?

— Ça ronfle à qui mieux-mieux tu veux dire. Il faut avouer qu'on s'était tous sacrément biturés hier soir.

— Grâce à toi ! Merci. Ça nous a laissé le champ libre pour agir.

— Bien qu'il ressente encore sa vulnérabilité, il saisit la balle au bond, ça vous a laissé le champ libre... Alors vas-y, raconte moi ! Tu veux bien m'expliquer ? Honnêtement je ne tiens plus, j'ai besoin de savoir. Tu comprends ?

— Oui bien sûr que je le comprends. Elle le regarda d'un air compatissant et lui proposa du café, histoire de rebooster son énergie avant de commencer. L'idée de devoir raconter, de dévoiler la vérité lui parut insurmontable. Elle se sentait si fragilisée qu'elle éprouvait le besoin d'y aller doucement. Comme si elle devait se réapproprier – pas à pas - l'histoire de ce drame qui, tout à la fois, l'avait fracassée et avait lié si fort leurs destins. Elle joua franc jeu :

— Là, si je m'écoutais, lui dit-elle tout en leur apportant 2 gros bols d'un café bien noir, j'aurais juste envie de partir le plus loin possible, de fuir toute cette merde ! Mais ne t'inquiète pas Hugo, je vais tout te dire. A mon rythme... Laisse-moi juste prendre le temps de t'exposer de façon cohérente le cheminement qui m'a permis de démasquer l'assassin. Tu veux bien ?

— Je t'écoute.

*
* *

Elle s'arma de courage, but une grande rasade de café et se jeta à l'eau :

— Après cet effroyable rallye voiture, j'ai fait un rêve ou plutôt un cauchemar devrai-je dire, ce serait plus juste, le même, à deux reprises, enfin pas tout à fait le même parce qu'il était évolutif, commença-t-elle sur le mode de *il était une fois...* Dans le premier, je courais après un assassin tout de noir vêtu mais je n'arrivais jamais à l'attraper. Nous étions sur le cadran d'une immense horloge. Sauf que, pendant que je m'acharnais à courir dans le sens des aiguilles de la montre celui que j'étais censé attraper allait en sens inverse. Je suivais le cours du temps alors que lui le remontait. Je n'arrivais pas à comprendre ce rêve mais il m'impressionnait, me mettait mal à l'aise. J'y voyais un message de mon inconscient, face aux événements traumatisants que nous avions vécus, sauf que je n'arrivais pas à le décrypter... J'ai refait ce même rêve une seconde fois, enfin presque le même. Car cette fois-ci, j'étais en phase avec l'assassin. Nous étions sur la même horloge. Non plus dans l'espace, mais sur la terre ferme. J'étais toujours lancée à sa poursuite. Mais cette fois, le fait de remonter le temps à sa suite, m'a enfin permis de l'attraper. Ce fut mon premier déclic. J'ai compris que je ne regardais pas dans la bonne direction... Ce n'était pourtant pas faute d'avoir analysé le contexte, j'avais même ordonnancé tout un questionnement sur papier, qui je dois bien te l'avouer était plutôt bien structuré au regard de ce que je sais maintenant. Mais je restais encore dans la confusion. Une seule chose me paraissait claire, nous subissions une punition collective et celle-ci comportait une graduation dans la manière dont elle nous était distribuée. Ce qui signifiait que nous étions les uns et les autres jugés à différents niveaux de responsabilité. J'en étais là de mes cogitations quand Axelle a mis le feu aux poudres.

— Axelle ? fit-il en plissant ses yeux comme pour mieux se concentrer.

— Oui, Axelle. Souviens-toi de son dithyrambe hier, dans l'office. Elle nous a interpellé sur notre façon de passer nos morts sous silence, afin de nous prémunir contre le chagrin. Et nous a mise en garde contre un retour possible de bâton en agissant ainsi.

— Bien sûr que je me souviens, j'étais d'accord avec elle.

— Et là, ça a été un véritable électrochoc, expliqua-t-elle à Hugo suspendu à ses lèvres. J'ai eu mon second déclic. Tout s'est éclairé d'un seul coup. J'ai su qui était l'assassin et la raison de mon rêve.

— ……

— Suis-moi bien Hugo, tu vas comprendre. En fait, l'assassin a construit son scénario comme un magistral trompe-l'œil. Et a bien failli nous avoir. Je veux dire par là qu'il aurait gagné la partie et serait resté insoupçonnable. Mais reprenons depuis le début. Dès le démarrage de ce rallye, notre équipage s'est laissé entraîner sur les traces d'un assassin, persuadé de lui courir après. Le défi que ce dernier nous lançait était de sauver nos amis. C'est du moins ce qu'il voulait nous faire croire. Et ça a marché…, du moins un moment. Nous n'y avons vu que du feu. Moi-même, je l'avoue, ai mordu à l'hameçon en beauté. Il faut dire que, placés dans un tel contexte, il nous était difficile de prendre du recul. N'importe qui se serait fait piéger. D'autant plus, qu'au travers de notre toute première découverte macabre, le cadavre de ce pauvre Marc, sa température corporelle attestait de manière irréfutable que le crime venait tout juste d'être commis, lui expliqua-t-elle comme pour s'excuser de leur crédulité.

— Et ce n'était pas vrai ?

— Si, bien sûr, ça l'était, le crime venait tout juste d'être commis.

— Mais alors je ne comprends pas, où est le problème ? s'étonna Hugo qui commençait à patauger.

— Le problème est de n'avoir pas été en mesure de percuter le fait que nous remontions dans le temps. Sur la piste de crimes déjà commis.

— Je ne suis pas sûr de comprendre, s'excusa-il de plus en plus dans la confusion.

— Si Hugo ! A 10 heures, reprit-elle patiemment, avant même que notre équipage ne démarre, l'assassin avait déjà commis tous ses crimes.

— ……

— Tu ne comprends toujours pas ce que ça veut dire ?

— Excuse-moi, non, lui fit Hugo l'air complètement largué. Qu'est ce que ça change ?

— Mais tout Hugo. Tout ! Cela veut dire que le *premier* meurtre que nous avons découvert – celui de Marc - était en fait le *dernier* commis par l'assassin. A l'endroit où lui venait de mettre fin à son parcours meurtrier, nous commencions le notre. Donc, bien que le crime vienne juste d'être commis, notre sentiment d'urgence était un leurre. Et c'est bien ce qu'il voulait. Son objectif était de nous inciter à adhérer à son injonction de course-poursuite, ce que nous avons fait. Sauf que, sans nous en douter, nous remontions sa trace dans le temps jusqu'à son premier meurtre. Premier meurtre qui, je te le rappelle dans notre logique à nous, nous paraissait bien évidemment être son dernier. L'assassin avait suivi le cours normal du temps et nous avions l'impression d'en faire de même, alors qu'en fait il nous faisait remonter le sien. Le rêve Hugo, le rêve…

— Oui fit-il soulagé, ça y est je comprends.

— Il y a quand même quelque chose qui m'avait titillé durant le parcours, continua Olivia, un fait d'ailleurs relevé par Axelle. C'est la façon dont l'assassin a modifié sa manière de tuer en cours de route. Des crânes fracassés au début de notre parcours, suivis d'empoisonnements pour le clore. Or, tout s'éclaire parfaitement si on replace les choses dans le bon ordre. Tous devaient mourir empoisonnés. Mais le thermos de café contenant le poison s'étant cassé avec Simon, a obligé l'assassin à improviser. Ce qu'il a fait en fracassant le crâne du suivant. Sans doute à plusieurs reprises pour être sûr de son coup j'imagine, d'où l'obligation de recouvrir la tête de sa victime d'un sac plastique à cause du sang qui giclait. Tout était vu à l'envers… Tu vois, conclut-elle, nous étions lancés sur une fausse piste, en prétendue rivalité avec un assassin, dans une course poursuite qui n'avait pas lieu d'être.

— Mais alors, s'écria Hugo, ça voudrait dire que l'assassin c'est Vincent, votre premier contact relais !

— Ça aurait pu, mais ce n'est pas lui. Attends Hugo…, si tu savais ! C'est bien pire que tout ce que tu peux imaginer…, lui asséna-t-elle posément. Car, que crois-tu que l'assassin ait fait, une fois son parcours meurtrier achevé ?

— Dis-le moi…

— Et bien figure-toi, et c'est là que se trouve l'un des aspects les plus machiavéliques de son plan…, il avait tout tranquillement rejoint notre équipage dont il faisait partie intégrante.

— Quoi !? J'peux pas y croire ! Mais c'est vraiment ignoble ! s'exclama Hugo en sursautant, tu es en train de me dire que depuis le début du rallye vous étiez en compagnie du meurtrier et qu'il faisait partie de votre équipage ?

— Exactement ! Ce qui nous permet désormais d'avoir une réponse logique aux interrogations que nous nous posions, Bonnard et moi. Pourquoi l'assassin n'avait-il pas douté de notre capacité à découvrir ses énigmes ? Quel intérêt avait-il à nous faire vivre, au compte goutte, cadavre après cadavre, un processus aussi cruel ? Pardi…, parce que lui même y participait, veillait au grain et - si nécessaire - palliait à nos manques, à nos difficultés. Et, cerise sur le gâteau,…, se délectait du spectacle que nous lui donnions…, et se régalait de notre malheur conclut Olivia.

— C'est ignoble, fit Hugo en pâlissant, l'air consterné.

— Tout à fait. Une machination des plus abjectes.

— Dis-moi qui c'est ! Quel est le malade capable de monter un tel scénario ?

— Le plus in-soup-ço-nna-ble, bien sûr ! Je te mets au défi de deviner son identité… Lequel de nous cinq - d'après toi - est vraiment au-dessus de tout soupçon ? Lequel de nous cinq te paraît le moins susceptible d'être le meurtrier ?

— Difficile à dire, fit-il l'air gêné.

— Essaye quand même, réitéra-t-elle. Qui - moi mise à part bien évidemment - te paraît le plus innocent, le plus insoupçonnable ?

— J'élimine Céline naturellement. Pour moi, ça ne peut être que Phil, avança-t-il. Vu sa déontologie, un médecin doit sauver des vies et ne peut donc être un meurtrier.

— Très bien répondu Hugo, tu as trouvé tout de suite ! Son nom t'est apparu tout à fait spontanément.

— Alors comme ça, fit-il abasourdi, c'est Phil le meurtrier ? Incroyable ! J'en reviens pas !... Lui ?… Un médecin !

— Phil ? Non ! Pas lui. Celle que tu as éliminé d'emblée d'un revers de main, comme une évidence, sans même sourciller... La plus insoupçonnable, dit-t-elle en hochant la tête comme pour souligner l'invraisemblance de cette révélation, Céline Laborderie.

— Céline ?... C'est pas possible ! Mais non, tu déconnes !... Oh pardon Olivia, excuse-moi. Je suis tellement scotché, c'est sorti tout seul. C'est pas vrai ! C'est vraiment elle ? C'est Céline ?

— Et oui.

— C'est impossible ! ça alors ! Céline ?... fit-il complètement estomaqué. Une *femme* à la tête de tous ces meurtres ? C'est pas croyable.

— Je sais. C'est difficile à accepter n'est ce pas ? Inconcevable, même, à imaginer pour un esprit sain. Et pourtant, tu vois Hugo, c'est cet inconcevable qui est la réalité que nous sommes en train de vivre.

— Mais ce n'est pas possible qu'une femme, à elle seule, puisse avoir eu la force de tuer tous ces hommes.

— Si ! la preuve...

— D'ailleurs, n'est-ce pas là un dessein typiquement féminin que celui de vouloir empoisonner ses victimes ? Or, c'était son idée initiale, ne l'oublie pas. Rien de plus facile que d'aller offrir du café à cinq personnes, isolées les unes des autres, qui ne se méfieront pas. Le fait qu'il soit au cyanure n'est pas écrit dessus. Si le thermos ne s'était pas cassé en cours de route, ses meurtres n'auraient été qu'une balade... de santé, ajouta-t-elle ne pouvant s'empêcher le jeu de mot.

— Je veux bien Olivia. Mais, pour une femme, il faut le faire d'arriver à assommer un homme, rétorqua Hugo qui ne se faisait décidément pas à l'idée.

— Je suis d'accord avec toi. Tu as raison. D'autant plus, qu'en règle générale, les femmes répugnent à l'exécution de meurtres sanglants. Mais là encore, on a trop tendance à enjoliver la non-violence des femmes et à les stéréotyper autour des valeurs maternantes de compassion, de douceur et de complaisance, alors qu'elles peuvent, à bien des égards, se révéler redoutables ! La preuve... Quoi qu'il en soit, après ses trois premiers meurtres, il était hors de question pour Céline de s'arrêter en si bon chemin. Elle ne pouvait plus faire machine arrière et s'est donc retrouvée obligée d'improviser. Il lui fallait absolument trouver un moyen de continuer son entreprise criminelle. Elle a utilisé à la fois l'effet de surprise, le fait que ses victimes soient assises, elle debout. Pense à sa taille. Ce n'est pas un petit modèle comme moi. J'imagine que pour Bertrand elle a mis la pierre dans le sac plastique. Et s'en est servi comme d'une masse pour l'assommer à bout de bras. Ça a décuplé sa force. Et c'est pour être sûre de sa mort qu'elle l'a autant tabassé, avant de lui passer le sac sanguinolent autour de la tête. Galvanisée par la réussite de ce meurtre, il semble apparemment qu'elle ait eu moins de mal pour le second du même style, celui de Marc.

— Mais, ce n'est pas possible, intervint Hugo qui décidément ne se faisait pas à l'idée, elle ne peut pas avoir tué son propre fiancé.

— Fiancé est un bien grand mot, Hugo. Qui nous a mis sur la piste du prétexte de ce rallye. Elle ! Qui nous a annoncé ses fiançailles ? Elle ! Qui nous a parlé du comité d'organisation de ce rallye ? Elle ! Qui nous a raconté toutes ces balivernes ? Elle, toujours elle ! Depuis le début, c'est elle qui tire les ficelles. Je suis sûre qu'elle n'a jamais eu la moindre intention d'épouser Sébastien. Elle ne l'aimait pas, nous le savions bien à l'époque. C'est pour ça que l'annonce de ses fiançailles nous a tant étonnés. Elle a monté ça de toutes pièces.

— Mais elle risquait gros, rétorqua Hugo, une fois de plus. Son histoire aurait pu paraître invraisemblable à ses intimes, si elle l'avait inventée de toutes pièces.

— Oh ! pour ça, fais-lui confiance, lui répliqua Olivia. J'imagine que pour rendre son scénario plausible, elle s'est forcée à sortir deux ou trois fois avec lui... Histoire de laisser entrevoir, à un certain nombre de témoins potentiels extérieurs, qu'il y avait anguille sous roche. Comme il était mordu d'elle c'était facile, elle jouait sur du velours. Et le cas échéant, en cas d'enquête policière la concernant, cela lui permettrait d'être crédible aux yeux de tous. Il ne lui restait plus, une fois Sébastien éliminé, qu'à lui glisser dans la poche une bague de fiançailles, évidemment acquise par ses soins. Puis, une fois son « road trip » criminel terminé, à venir nous rejoindre et à proclamer leurs fiançailles dont la soirée de rallye devait être le couronnement. Qui pourrait témoigner du contraire ? Plus personne… Et cela aurait cadré avec le fait qu'elle nous avait présenté la *chose* comme tenue secrète.

— Quelle sacrée comédienne ! Toutes ces simagrées. Mais pourquoi tous ces meurtres ? Et toi ? Pourquoi avoir voulu te tuer ? lui fit Hugo en lui posant la main sur le bras de manière spontanée.

— Moi ? Je suis au cœur de cette affaire ! Mais c'est une autre histoire, je vais te la raconter… après un autre café.

*
* *

Axelle et Phil venaient de les rejoindre dans l'office.

— Je n'arrivais plus à dormir, leur expliqua Axelle en arrivant. Vous non plus apparemment ?

— Et bien, vous en faites une tête. Qu'est-ce qui vous arrive ? leur demanda Phil l'air soucieux. Mais Olivia tu as pleuré ?

— Assieds-toi, lui répondit Olivia, que je te raconte. Et prépare-toi à un sacré choc !

Une fois attablés, Olivia les mit au courant des événements de la nuit et leur révéla la véritable identité du tueur. Complétement choqués, Phil et Axelle mirent un moment à assimiler la nouvelle. Elle les laissa intégrer le choc de cette révélation et reprit le fil de son histoire pour Hugo :

— Je devais être âgée de cinq ans quand j'ai rencontré les Laborderie, Céline et Renaud. C'étaient des jumeaux. Ils étaient comme les deux facettes d'une même médaille, aussi belles et remarquables l'une que l'autre mais dont le recto aurait été très différent du verso. Des jumeaux hétérozygotes. Renaud était aussi blond que Céline était brune. Il était aussi doux et rêveur qu'elle était téméraire. Alors qu'il était joli comme un ange, elle était diaboliquement belle. Bien que très liée aux deux, je l'étais davantage à Renaud. A cette époque, lui et moi, passions le plus clair de notre temps ensemble. Question de sensibilité. Le fait était que chaque jeu, chaque moment était prétexte à nous découvrir, à nous sensibiliser l'un à l'autre. Cette véritable osmose enfantine nous amenait à partager de plus en plus nos impressions, nos sensations, nos secrets. On nous avait surnommé les tourtereaux. C'est à l'âge de 10 ans par une belle nuit d'été, alors que nos parents dînaient ensemble, que nous avons échangé notre premier baiser. Je me souviens encore de mon émoi. Comme si c'était hier. Des galops de mon cœur comme je le disais à l'époque. On riait. On s'embrassait. On riait comme des fous. On était déjà grands. Remplis de cette promesse faite sous le ciel étoilé de nous marier un jour…, et de vieillir ensemble toujours... Nous étions dans une forme d'absolu juvénile. D'exploration de la vie à deux. Et c'est tout naturellement dans les bras l'un de l'autre qu'à l'adolescence nous avons franchi le pas de la sexualité. Quand nous étions ensemble, Renaud me suivait partout. Il était comme mon double. Céline, d'ailleurs, s'en montrait parfois jalouse car notre relation faisait de l'ombre à la sienne. Cela temporisait l'ascendant qu'elle pouvait avoir sur lui et posait des limites à son tempérament dominateur. Or, comme tout jumeau, elle adorait son frère. Mais n'allez surtout pas croire que malgré cette rivalité nous n'étions pas, elle et moi, liées par une profonde amitié. Au contraire. Tout aurait pu continuer ainsi. On dit habituellement que le premier amour est le plus fort.

Qu'il laisse souvent une empreinte indélébile. Je crois que c'est vrai parce qu'il revêt les atours de l'absolu. Notre cœur est vierge de toutes comparaisons. Et les émotions ressenties sont si pures et si intenses. On est persuadé que c'est pour la vie. On n'a pas conscience du caractère potentiellement éphémère des amours juvéniles. C'est pour cela que les ruptures peuvent être si douloureuses...

Elle poussa un long soupir, resta quelques secondes silencieuse avant de reprendre son récit.

— Mais malheureusement cette histoire eut une fin, en tout cas pour moi. L'évidence éprouvée durant l'enfance et l'adolescence s'estompa peu à peu. Vers la fin de l'adolescence, d'autres envies m'emportèrent... Des études, un métier, de nouvelles aventures me détournèrent de façon impérieuse de ce que je vivais alors. Dont je posais l'acte rédhibitoire vers l'âge de 20 ans en quittant à la fois mon enfance, ma région, ma famille et Renaud pour voguer vers ma nouvelle vie. Manque de pot, Renaud toujours fidèle à notre *trip* initial n'avait pas évolué dans le même sens que moi. Mes nouvelles *évidences* n'en furent donc pas pour lui. J'eus beau lui expliquer les choses, il vécut ma décision comme une trahison, un abandon et en éprouva un profond désespoir. Il se disait détruit. Il nous fallut du temps pour rompre...

Elle poussa un soupir, l'air profondément attristé.

— Mais pour moi la roue avait tourné. Et comme il était hors de question de rester par compassion, j'ai donc suivi ma route. Je suis partie. Notre rupture désormais consommée, je m'étais plongée à fond dans mes nouvelles activités parisiennes. Mes études me prenaient énormément de temps, ce qui ne m'empêchait pas de rester reliée à mes amis dauphinois et d'avoir, de temps à autre, par leur intermédiaire des nouvelles de Renaud. J'ai appris qu'il s'était mis à jouer les oiseaux de nuit. Il passait ses nuits en boîte à s'étourdir, à picoler, à multiplier les aventures. Faire son deuil de notre relation allait lui prendre du temps, je le savais mais je ne m'en inquiétais pas outre mesure. Cela me paraissait normal. D'ailleurs les événements semblèrent me donner raison. Petit à petit, les choses commencèrent à se tasser. Quand je retournais en Dauphiné il m'arrivait de les croiser. Et quand cela se produisait, j'éprouvais toujours autant de plaisir à le revoir, à les revoir tous les deux. Plaisir apparemment partagé. Si mes sentiments amoureux vis à vis de Renaud s'étaient envolés, l'affection, elle, demeurait intacte. Renaud faisait partie de ma vie. Dix huit mois après notre rupture, alors que rien ne le laissait présager, il est tombé dans une profonde dépression. Il s'était cloîtré chez lui, ne sortait plus, ne se lavait plus, ne mangeait plus, se négligeait physiquement, traînait sans rien faire, n'avait plus de désir pour rien. Huit mois d'hospitalisation ont été nécessaires pour son rétablissement. Il est tombé sur une équipe médicale super, a participé à des groupes de paroles. Il paraissait reprendre le dessus et être à nouveau dans la vie. Travail, sorties, voyages, tout reprenait sens pour lui. Il avait même amorcé une nouvelle relation sentimentale. Il allait se fiancer, c'est dire ! Tout allait donc pour le mieux. Et puis rebelote, sans crier gare, tout a redégringolé à nouveau. Bref, au fil des années, il a flirté avec les sommets passant de la forme olympique la plus optimale au mal de vivre le plus complet. Les montagnes russes… Évidemment plus questions de fiançailles.

Elle s'arrêta, poussa un gros soupir, baissa la tête un instant avant de reprendre.

— C'est cinq ans exactement après notre rupture que j'ai reçu la nouvelle de sa mort. Il s'était enfoncé le canon d'une carabine dans la bouche et s'était fait exploser la cervelle.

Elle fit silence, des larmes coulèrent sur ses joues. Puis elle reprit.

— Nous nous sommes tous retrouvés à son enterrement. Un sacré choc. Personne évidemment ne s'y attendait ! Mais tu as raison, Axelle, nous ne parlons jamais de nos morts. Nous nous sommes donc dépêchés de reprendre le dessus, avec d'autant plus de force que cela nous avait marqué. Et avec le bel égoïsme qui caractérise la jeunesse, sans le vouloir ni même bien le mesurer, nous l'avons par notre silence définitivement bouté hors de notre vie.

Elle se tut. Axelle lui avait saisi la main.

— Je comprends…, excuse-moi Olivia, en fait je veux dire que je veux bien tenter de comprendre que Céline t'ait rendu responsable du mal-être de son frère et ait voulu te tuer pour ça, intervint Hugo atterré. Mais pourquoi avoir voulu tuer les autres ?

— Je n'étais pas la seule, Hugo, dans la vie de Renaud lui répondit Olivia. Nous étions déjà en bande à l'époque. Les cinq autres victimes du rallye, dont Simon, étaient également ses intimes. Dés leur plus jeune âge, ils avaient monté leur propre club : le club de l'étoile. Et se retrouvaient régulièrement. Entre eux, c'était à la vie à la mort. Malheureusement de la même façon que pour moi, le temps aidant ils ont été pris par leurs propres histoires d'amour, leurs études, leurs projets. Et au moment où Renaud aurait certainement eu le plus besoin d'eux, ils étaient aux abonnés absents. Ce qui devait le renvoyer, tu t'en doutes, encore plus à son sentiment de solitude. Sans vouloir les défendre, tu sais combien c'est dur, parfois, de supporter les problèmes des autres. Surtout, quand ces problèmes - comme ça l'était dans le cas présent – étaient à la fois récurrents et sur le long terme… Et d'autant plus, à l'âge où tu as le plus envie de faire la fête, ajouta-t-elle.

— Simon ne m'en avait jamais parlé, fit Hugo.

— Si bien que Céline, poursuivit Olivia, nous a rendu responsables du suicide de son frère. Moi en tête, bien sûr, ses amis les plus intimes ensuite. Tous *coupables* du sentiment d'abandon éprouvé par Renaud. Sentiment ayant entraîné sa déchéance et sa mort.

— Est-ce pour cela qu'elle t'avait réservé une mort à part et plus douloureuse ? lui demanda Phil.

— Tout à fait, les autres ne méritaient que de mourir. Moi, elle me tenait responsable de cet état de fait. La grande responsable. Et donc, je devais en payer le prix fort. Souffrir moralement et physiquement avant de passer l'arme à gauche.

Ils firent silence un moment.

— Mais alors, demanda Axelle, Marc qu'est ce qu'il vient faire là dedans ? C'est un meurtrier ou pas ?

— Je pense que Céline l'a utilisé comme elle l'a fait pour chacun de nous. J'imagine qu'elle a dû lui faire parvenir les cadeaux qui nous étaient destinés par coursier, en utilisant la même procédure anonyme que pour les invitations. Avec pour mission de les remettre en main propre à Lorraine et de veiller à les placer dans la chambre prévue à chaque destinataire. Ce dont il a dû s'acquitter avec le zèle que nous lui connaissons. Sans se douter, un seul instant, qu'il deviendrait le meurtrier bien involontaire d'Edouard, expliqua Olivia.

— Penses-tu que le poison était déjà dans le whisky quand Marc l'a apporté ? demanda Axelle.

— Bien évidemment, lui répondit Olivia. Chaque produit apporté était déjà sorti de son emballage. Fin prêt à être utilisé et dégusté. Et la bouteille de whisky d'ores et déjà bourrée d'arsenic n'attendait que moi ! Pour Céline tout était celé. Il ne lui restait plus, après le rallye, qu'à se faire endormir par tes soins Phil ce qui la mettait à l'abri de tout soupçon. Et à laisser son plan se dérouler tout seul, persuadée qu'à son réveil tout serait consommé ajouta-t-elle.

— Quelle salope ! fit Phil.

— Elle n'a pas pensé un seul instant, toute à son *rôle* de fiancée éplorée, continua Olivia, que notre Lorraine – elle - aurait un vrai chagrin qui la chamboulerait au point de dérégler l'ordonnancement habituel de la maison. Ni qu'Edouard jouerait le rôle de grain de sable dans sa belle mécanique. Elle ne pouvait imaginer que, toujours aussi distrait et accordant peu d'importance à ce genre de détails, il allait justement s'approprier la chambre jaune, ma préférée. Celle qui m'est toujours attribuée. Ce que chacun ici sait et respecte. Sauf un extra-terrestre comme Edouard.

— Pauvre Edouard sa distraction t'a sauvé la mise, murmura Phil songeur.

— Oui, merci Edouard, mais pas seulement fit Olivia. Car vois-tu Phil, non content de me sauver la mise comme tu le dis, la mort d'Edouard devient le symbole d'une justice immanente : celle du châtiment possible de Céline. Qu'il soit mort à ma place m'a permis de jouer ce rôle de justicière, de la démasquer *elle* et de venger *tout le monde* ! C'est pour cela que, paradoxalement le fait d'être toujours en vie, maintenant que tout est élucidé, me dédouane, en grande partie, du sentiment de culpabilité que je devrai normalement éprouver. Moi morte, elle avait vraiment gagné sur tous les tableaux, elle restait insoupçonnable. Franchement lequel d'entre vous aurait fait le lien entre Renaud, elle et ces meurtres ? Ceux qui, *éventuellement*, auraient pu penser à le faire n'étaient plus là. Tués par ses soins ! Quand à la police pourquoi l'aurait-elle fait ? Je doute fort que mes collègues ne retrouvent la moindre empreinte ou trace d'ADN de Céline sur le thermos ou sur les morts. Elle avait suffisamment préparé son coup pour pallier à tout ça. Et même, si par le plus grand des hasards, l'équipe technique retrouvait trace de Céline sur les différents lieux des crimes, cela ne prouverait rien. Par sa présence sur ces mêmes lieux, en tant que membre à part entière de l'équipage, elle anéantissait par avance toute preuve potentielle contre elle ! Céline en revenant sur ses pas, savait ce qu'elle faisait, elle brouillait définitivement les pistes. Elle croyait avoir pensé à tout. Aussi merci Edouard !

— Quelle salope ! réitéra Phil.

— Forte de sa propre logique son plan ne pouvait foirer, continua Olivia. C'est d'ailleurs ce qui explique sa réaction si violente, à l'office, à l'annonce de la mort d'Edouard. Te souviens-tu Phil qu'elle en est sortie en courant et m'a bousculé sur son passage ? Le fait de me voir rentrer dans la cuisine, vivant témoin de son échec, lui a été insupportable. Non seulement son projet de vengeance était à l'eau, mais je devenais une menace des plus sérieuses pour sa sécurité. Elle savait que moi seule étais susceptible de faire ce lien entre nous. Me laisser en vie était un risque qu'elle ne pouvait se permettre. Elle devait faire vite. C'est pour cela que j'étais sûre qu'elle allait réitérer son coup. D'où mon idée de guet-apens de cette nuit…

— C'est fou comme tout devient logique, fit remarquer Hugo, l'air admiratif à l'égard d'Olivia.

— Tiens d'ailleurs puisqu'on parle de logique, intervint Phil, ça me fait penser à notre première énigme : *Perrault se serait épargné le calvaire* des *Parallèles des Anciens et des*

Modernes. J'avais vu juste quand je vous disais qu'en fait cette énigme parlait de nous. C'était bien un jeu de mots voulu par Céline. Et le *calvaire*, c'était son calvaire à elle...

— Tout à fait, reconnut Olivia. Le rallye des anciens de 94 était au complet puisque Renaud y participait ! Celui d'aujourd'hui, des modernes, était amputé de sa présence. Notre point commun, notre *faute* commune et son calvaire à elle : c'était lui ! Lui le fantôme de ce rallye ! Lui dont l'ombre planait sur nous..., dans le cerveau malade de sa sœur. Ce qui est bizarre, ajouta-t-elle au bout d'un moment, c'est qu'il leur aura fallu exactement le même temps à l'un et à l'autre pour passer à l'acte. Cinq ans pour que Renaud se suicide après mon départ. Et cinq ans après sa mort, pour que Céline ne devienne meurtrière et ne le venge.

— Oh mon Dieu ! s'exclama Hugo bouleversé, je viens de prendre conscience de quelque chose.

— De quoi donc ? lui demanda Olivia alarmée.

Des larmes se mirent à couler le long de ses joues. Pour la première fois, il donna enfin libre cours à son chagrin.

— Je n'avais pas fait le lien que c'est ma rencontre avec Simon il y a cinq ans qui l'a condamné à mort.

Il y eut un silence. Phil se leva, mal à l'aise, et proposa de refaire du café. Hugo continua.

— Nous étions sur un petit nuage, tellement pris par notre histoire. A l'époque j'étais vraiment possessif et avare de notre temps. Je le voulais tout à moi. Rien qu'à moi. Je ne voulais pas le partager. J'avais des difficultés à accepter qu'il me quitte. C'est mon égoïsme qui a déclenché notre fin. Comme je m'en veux !

— Je ne peux pas te laisser dire ça, intervint Olivia, tu n'en sais rien. En admettant que Simon ait pu se rendre disponible pour Renaud, personne ne peut dire s'il l'aurait empêché de mettre fin à ses jours.

— Je suis d'accord avec toi, dit Axelle.

— Peut-être, mais je reconnais que je ne peux m'empêcher d'éprouver un sentiment de culpabilité, admit Hugo. Et j'avoue que je ne sais pas comment tu fais pour y échapper Olivia. C'est un mystère.

— Effectivement, moi aussi je le pourrai mais je m'y refuse, fit Olivia. Que Renaud n'ait pu faire autrement que de se suicider eu égard à sa personnalité, ça je peux l'admettre. Mais m'en vouloir ou me culpabiliser d'une fragilité structurelle de sa personnalité, ça non. Je n'y suis pour rien ! Quand à battre ma coulpe par rapport à une promesse faite alors que nous n'étions que des mômes, ça n'a pas de sens. Combien d'enfants ont fait cela ? S'il y a, actuellement, un sentiment que j'éprouve devant ce gigantesque gâchis c'est plutôt celui d'une énorme colère !

— De la colère ? s'étonna Axelle.

— Oui de la colère envers sa sœur. Rien ne justifie de transformer son chagrin en haine à notre égard. De quel droit s'autorise-t-elle à nous rendre responsables du *choix* fait par son frère ? Sous quel prétexte nous en vouloir de sa fuite dans la mort ? Comment ose-t-elle se permettre de nous le faire payer du prix de notre vie ?

— C'est dur ce que tu dis là, fit Axelle en hochant la tête.

— Pas du tout ! affirma Olivia. Ne compte pas sur moi pour légitimer ce crime et sa folie.

— Oh, non ! Ce n'est pas ça. Je me suis mal exprimée, s'excusa Axelle en rougissant. Ce n'est pas ce que je voulais dire. Simplement qu'on peut comprendre ses motivations : certaines souffrances sont tellement insupportables qu'elles ne peuvent qu'engendrer de mortelles réponses dans l'esprit de celui qui les ressent.

— Ah bon tu les comprends…, s'insurgea Olivia. Alors dis-moi pour suivre ta logique, veux-tu bien répondre à cette question : pourquoi Céline ne s'est-elle pas tuée elle même ?

Axelle la regarda surprise :

— Que veux-tu dire ?

— Que je te signale tout de même, que cette charmante personne qui s'arroge le droit de vie et de mort sur certains d'entre nous, n'a pas plus réussi que nous à sauver Renaud du suicide. Renaud son propre jumeau !

Ils se turent saisis par sa logique.

— Six morts pour le prix d'Un… Le prix fort. Une illusion de justice à sa façon. Pour masquer l'aveu de sa propre faiblesse et de son impuissance.

— Quelle histoire ! murmura Hugo bouleversé.

— Son interprétation tout à fait personnelle des liens du sang, acheva Olivia

Epilogue

Une porte se ferme
Le mardi 15 Juin 2005 Paris

Lorsque tout est fini, qu'on se retrouve seul,
Avec un vide immense, impossible à combler,
Il ne nous reste plus qu'à trouver un linceul,
Pour qu'enfin notre corps s'arrête de trembler.
A ces idées macabres il nous faut résister,
Parce qu'une autre histoire a déjà commen-
cé…
Joseph Calabro

De retour à Paris, installée à la terrasse de son café favori, le coude sur la table et le menton dans la main, Olivia était songeuse. Le drame lui apparaissait dans son horreur intégrale. Elle ne pouvait nier être à l'origine de cette série de malheurs. Tout ça pour avoir quitté un homme et avoir voulu vivre son destin. Malgré ses dires, elle était très atteinte et se sentait bien plus coupable qu'elle n'était prête à l'accepter consciemment. Tous ces morts !

Elle frissonna. Elle avait froid en dépit de la douceur de la journée. Elle était dans un tel état d'accablement et d'épuisement que celui-ci s'auto-alimentait, engendrant un découragement dont elle avait du mal à imaginer la fin. Et pourtant il lui fallait se retrouver, se reconstituer un semblant de moral avant de reprendre son boulot à la brigade criminelle. Et il lui restait si peu de jours pour le faire. Comment s'y prendre ? A quoi s'accrocher ? Elle se sentait au bout du rouleau. Et très seule.

— Un grand crème comme d'habitude commissaire ?

— Oui, merci Tonio.

— Déjà de retour ? s'étonna celui-ci. Je vous croyais partie pour la semaine ?

— Ça devait être le cas mais j'ai dû écourter mon séjour, fit-elle évasive.

— Hou là ! Z'avez pas l'air d'être en grande forme. Des problèmes ? insista-t-il.

— Plutôt.

— Dur ça ! Vous qui aviez l'air si contente de partir.

— Ça c'était la semaine dernière… Depuis j'ai vécu l'enterrement de ma vie de jeune fille.

— Première nouvelle ! Comme ça vous allez vous marier ? J'savais pas.

Telle une fulgurance, la pensée de sa rencontre avec Hugo dans la forêt des Blâches l'envahit. Un frisson la parcourut. Le souvenir en était encore prégnant dans tout son être. Malgré le drame. Tant l'évidence entre eux lui avait paru à la fois magistrale et magique… La première fois de sa vie d'adulte que s'imposait à elle ce style de certitude. Avec une force telle, qu'elle n'avait nul besoin d'aucune autre preuve pour en ressentir la réalité. Ils s'étaient d'ailleurs quittés sur la promesse de se retrouver plus tard, une fois leur deuil assumé, lorsque le temps aurait fait son œuvre et que le chagrin se serait estompé. La vie continue, songea-t-elle avec effroi…, tout en se raccrochant à cette lueur d'espoir.

— Non, répondit-elle à Tonio. C'est une façon pour vous expliquer que je vis le deuil de certains de mes amis d'enfance.

— Pourquoi ? fit-il les yeux écarquillés. Ils sont morts ?

— Vous n'êtes pas au courant Tonio ? Regardez, lui dit-elle en lui montrant le Parisien. Vous lirez…

En première page s'étalaient les gros titres :

Rallye en Dauphiné
Petits meurtres entre amis

L'histoire complète en page cinq

SOMMAIRE

www.ingramcontent.com/pod-product-compliance
Lightning Source LLC
Chambersburg PA
CBHW070741180626
46818CB00007B/2938